集英社オレンジ文庫

神招きの庭

奥乃桜子

本書は書き下ろしです。

【目次】

【人物紹介】
綾芽
兜坂国の辺境、朱野の邦の郡領の娘。
親友の那緒が非業の死を遂げ、
その真相を探るために
斎庭の采女に志願する。
二藍
神祇祐、祐宮、有朋王。
兜坂国の王弟。人でありながら
神気を帯びた存在である
「神ゆらぎ」で、心術を操る。
鮎名
一花の妃宮。
大君の妃で、現在の斎庭の主。

那緒
綾芽の親友。
綾芽の前に斎庭に
入庭していたが、大罪を犯して
自害したと伝えられている。
石黄
神祇副、副宮。
二藍と大君の伯父。
二藍と同じ「神ゆらぎ」だが、
人の性質に近く、心術は使えない。
大君
兜坂国の今上。
近年、人が変わったように暗く沈み込んでいる。

イラスト／宵マチ

神招きの庭
かみまねきのにわ

第一章　後宮に神を招く

白砂の庭に築かれた舞台の上、朱色の階の先に、おんな神がゆらりと立っていた。

九重山に坐す神、九重媛である。緋染めの衣、手には鉾。神光に包まれ、面持ちは定かでない。しかし祭礼を執り行う人々は、誰もが息を殺していた。媛の口があろう辺り。どろりと溶けた金色に、三日月のごときものが見え隠れする。

――九重媛は、にたりと笑っている。

硫黄の臭いが鼻をつく。梓弓を手にした女舎人も、神饌や幣帛を捧げ持つ女官も、顔色を重く淀ませた。階の前で頭を垂れた舞女のかんばせは、誰より青白い。

その中にあってただ一人、最前に座した貴人だけは、まっすぐに舞台を見据えている。兜坂国の大君の妃にして斎庭を預かる主、一花の妃宮である。名を鮎名という。九重媛をもてなすこの祭礼の、祭主でもあった。

鮎名は神から目を離さず、すいと立ち上がった。夏草薫る色目の衣と裳を引いて、厳然と進み出る。震える舞女に鉾を下げ渡した。

「鉾を預ける。九重媛の鉾舞のお相手を、立派に務めよ」

必ず祭礼は進めねばならない。神を招き、もてなし鎮めるのが、この国の後宮たる斎庭の務めだ。眼前におわす神が荒ぶる神に変じているからといって、逃げてはならない。

鮎名の鋭い眼光を前にして、舞女に否と答える道はなかった。鉾をとり、ふらつく足で舞台へ上がる。黒髪を飾る宝冠が、か細く泣くように音を立てた。

熱風が吹き荒れ、媛の神鉾に括られた五色の布が激しくはためく。人が頬を引きつらせる中、舞女と九重媛は相対し、風切る鶏笛の音が響いた。

その音を合図に、舞女は右の足裏を持ち上げた。すぐに音立て舞台を踏みしめ、両手で鉾をきりりと押しやる。舞の所作である。常の祭礼ならば、九重媛も同じく応じるだろう。

しかし。おんな神は舞わなかった。

その長い腕から、優雅を捨てた鋭い鉾が繰り出される。いとも簡単に舞女の得物は弾かれ、身体は右に開いた。

刹那、九重媛は口の端を吊り上げ――。

五色の布が翻り、舞女の胸を貫いた。

＊

同じ頃、黒袍に垂纓の冠という文官装束に身を包んだ男――二藍は、壱師門の階を上りつつ、どうしたものかと考えていた。

兜坂国は、十三の邦からなる島国だ。その要たる羽京は、縦横に路が巡った整然たる都で、各地から集められた珍しい文物が集い、美しく飾られた貴族の牛車が連なり、大いに栄えている。牛車は大路を北へと向かい、また帰る。大路の先には百町にも渡って官衙や殿舎が立ち並ぶ、広大な内が構えているのだ。

それも、横に並んで二つ。

まずは外庭。大君の宣を受け、太政官らが国と人とを治める場である。

もう一つは斎庭。妻妾と女官が住まい、神祇官として神を招き、もてなす場である。

つまりこの国は、外と内、右と左、男と女が補い合って回っていた。

二藍のいる壱師門は、斎庭への入り口となる楼門だ。神人の門とも言う。招かれた神のみならず、後宮司に属する通いの女官や、絹や食物などを運び入れる男女がひっきりなしに通るからである。楼上にも各所から届いた果物が、所狭しと並べてあった。

階を上っていくと、ひときわ目立つ金桃の籠の傍らで、若い娘が斎庭の方を眺めている。

乗り出すような横顔は整っているが、五重六重に衣を重ねた装束を着慣れないのは丸出しで、二藍の頬はわずかに緩んだ。兜坂国の最北、朱野の邦から来た郡領の娘である。国司に推され、斎庭で働く采女となるためやってきたのだった。

二藍は官人のなりをした己の姿を検分し、声をかけようとした。それより先に、娘は飛び跳ねるように振り向いて、二藍を認めて顔をほころばせた。

「とうとう斎庭に入れていただけるのか？」

「まさか」

二藍は扇を取り、そっけなく答えた。期待を滲ませていた娘は、たちまち肩を落とす。

「いつになったら通してくださるのだ」

「いつになっても無理だ。言っただろう。斎庭はもう、朱野の邦からは采女を採らない」

「そこをなんとかしていただけないか。お願いする。この通り」

娘は手を合わせた。神でも伏し拝むような振る舞いに、二藍は呆れ顔になる。とっさに扇で口元を隠した。

「一介の、外庭の官人たるわたしに懇願しても無駄だからな」

「とはいえ、その立派な装束を見るに、あなたは大君のおそばに侍る御方だろう？　なんとか大君に奏上願えないか。大君はこの国の主。よきに取り計らってくださるはずだ」

二藍は深く息を吐き出した。この娘、斎庭の仕組みをなにもわかっていないらしい。

「できぬ」

「なぜだ」

「外庭が、斎庭の任免に口を出せるわけがない。斎庭のことは斎庭が決める。大君とて簡単にひっくり返せない」

「そういうものなのか？」

「そういうものだ」

娘は少し考えるそぶりをした。諦(あきら)めたのか、と思いきや「なるほどわかった」と口元に笑みを浮かべる。

「ならば斎庭に直接陳情(ちんじょう)する。祐宮(すけのみや)——神祇祐(じんぎのじょう)の有朋(ありとも)王に取り次いでいただきたい」

「……なんだって？」

扇を畳もうとしていた二藍は手を止めた。

「斎庭のことは斎庭が決めるんだろう。ならばわたしの願いを勝手に退(しりぞ)けるなど、外庭の官人たるあなたにはできないはずだ。さあ、よろしくお頼み申し上げる」

この二年、すげなく送り返し続けて六人目。

待っていたのは確かにこの娘なのかもしれない、と二藍はこのとき初めて思った。

王の後宮、斎庭には百の妻妾と千の女官がいる。その多くは、都の貴族や女官の家から採られる氏女であるのが慣例だ。しかし諸邦の各郡からも、郡領の娘が選ばれて斎庭に入る。これを采女と言う。最北の小邦、朱野からも当然、采女は選ばれてきた。

だが二年前、朱野の采女がとある事件で死んで以来、斎庭は朱野から新たな采女を選ばない。それどころかすでに斎庭で働いていた同郷の者たちまで送り返した。

慌てたのは朱野の郡領たちである。このままでは、朱野の邦だけ采女を出していない邦になってしまうと、とっておきの器量よしを取っ替えひっかえ送り込んだ。

二藍はにべもなく送り返し、三人送り返したところで期待するのを諦めた。朱野の邦はなにもわかっていない。器量がよいだけの娘では、あらゆる意味でだめなのだ。

しかし今、初めて二藍をやりこめようとする者が現れた。娘が名を出した祐宮とは、大君の弟だ。かつ、この斎庭で三番目に官職の高い神祇祐、すなわち神祇官の判官である。陳情する先としては笑ってしまうほど最適だった。

扇越しに、二藍はちらと目を向けた。娘は固唾を呑んでいる。

「……綾芽と言ったか」

「そうだ」

「承知した、確かに祐宮にお話ししてみよう」

ぱっと綾芽の瞳が輝く。二藍はすぐに釘を刺した。

「期待しすぎるな。お前も、なぜ朱野の釆女が送り返されるのか知っているだろう。二年前、お前の邦の釆女は斎庭で人を殺した。しかも太子たる春宮（はるのみや）の、寵妃（ちょうひ）をだ」

「……もちろん知っている」

「ならばわかるだろう。お前の立場では、斎庭に入るのは極めて厳しい。祐宮によほど気に入られるしかあるまいが……策でもあるのか？」

綾芽は背を伸ばし、鼻息荒くうなずいた。

「当然ある。祐宮は、女人に大層お優しい方だと聞いた」

「なるほどな」

と二藍はくつくつと笑った。「愛人となる代わりに、便宜（べんぎ）を図ってもらうつもりか」

自分で言いだしたというのに、すぐに綾芽は赤くなって二藍を睨（ね）めつける。

「わたしなど、気に入られないのはわかっているが」

「さあどうだろうな。意外に好むかもしれないし」

言ったとき、ふと誰かに見られている気がして、二藍は楼外へ目をやった。しかし見渡しても、甍（いらか）が連なる斎庭の空が広がるばかりだ。

――気のせいか。

ただ、斎庭を南北に貫く賢木大路を見やれば別のもの――女舎人が青い顔で走ってくるのが見えた。担いだ槍の先に緋の幟がなびいている。桃危宮の祭礼が終わった印だ。

行かねばならぬな、と二藍は扇を閉じた。

「とにかくやってみればいい。まあ助言するとすれば、そんなつまらない手では祐宮は動かせないだろう。お前が斎庭に、本当に必要だと思わせなければ」

「ここに閉じ込められて、どうやって必要だと思っていただけばいいいんだ」

「わからないなら、おとなしく帰った方がいい」

「嫌だ」

むきになる綾芽に応えず、二藍は辺りに積まれた果実を見回っていた女丁の一人を呼び寄せた。女の持つ籠から、腐りかけの白桃をとる。綾芽の前にぞんざいに放った。

「なにをするんだ」

とっさに衣の裾を引いた綾芽は、足元に落ちて潰れた桃に目を見開いた。

「さて。桃は厄払いで投げるとも言うが」

「……わたしを追い払いたいという意味か？」

足元から立ちのぼる甘い香気に驚く顔が、たちまち怒りに染まる。二藍は冷ややかな面持ちをつくった。さあどう出る――。

しかしそう思ったかどうかのうちに、綾芽は傍らの籠から、熟していない固い金桃をとり上げていた。ふんぬと振りかぶる。

避ける暇もない。金桃は鋭く弧を描き、二藍の肩へ見事に命中した。

二藍は呆然として、すぐに笑いだしたくなった。

——これぞ待ち続けた娘だ。間違いない。

＊

階を下る男の姿が見えなくなってから、綾芽は膝から崩れ落ちて両手をついた。

「やってしまった……」

確かにむかむかとしていた。なにせここまで本当に長かった。邦元から上京する一行に交じり、やっとのことで都に入ったのはひと月も前である。すぐに斎庭に入れてもらえると思いきや、いつまで経っても声はかからず、音沙汰ないままじりじりと待った。ようやく呼ばれて喜び勇んでやってくれば、応対するのは斎庭の者ですらない、二藍なる斜に構えた官人。しかも楼門の上に押し込められ、さらには厄払いなどと言われたものだから、つい、金桃を投げつけてしまった。

でもいくらなんでもやりすぎた。なんとか祐宮に取り次いでもらえるところまでこぎ着けたのに、これでは台無しかもしれない。

（なにがなんでも斎庭に潜りこまなきゃならないのに……）

と、頭を抱えても仕方ない。とりあえずはと、潰れた桃に手を伸ばしたときだった。

「最高だよあんた。あの二藍さまの、驚いた顔と言ったらさ！」

さきほど二藍に白桃を渡した女丁が、ひいひい笑いながら近づいてきた。

「……そんなに痛快だったか？」

綾芽がかえって戸惑っていると、女は目尻を下げる。

「まあね。いや、なかなかやるよ。これならあの方の小細工も、功を奏しそうだな」

「小細工？」

「こっちの話さ」綾芽の疑問には答えずに、女は哀れに潰れた桃をつついた。「いやでも、この桃もかわいそうだ。もう食べられないだろ、これじゃ」

よくわからないが、綾芽は桃の目利きならお手の物だ。すぐににこりと答える。

「そうでもない。きっと一番美味しい頃合いだ」

「え、ほんとに？　潰れてるけど」

「汚れた部分を削げば大丈夫だ。わたしは食べるよ。朱眼大将軍がお越しにならなくなると困るから、朱野の邦の者は桃を粗末にしないんだ」

　錦の表衣を脱いで、潰れた白桃をそっと摑み取る。「あなたも食べるか？」

「しがない庶民に施しかい？」

「そうじゃない。一緒に食べた方が美味しいから」

　女はそりゃどうもと笑って、小刀で綺麗に汚れを削いだ桃を受け取った。綾芽もがぶりとかじりつく。とろける寸前の桃は、くらくらするほど甘かった。

「なあ。さっき言ってた朱眼大将軍ってのは、朱野の邦におわします神様だろ？」

　女は佐智と名乗った。絞った布で手を拭くと、ふと思いついたように尋ねてくる。自分が投げた方の金桃はどうしようかと思案していた綾芽は、顔を上げてうなずいた。

「そうだ。甘き果実をこよなく好むお方だよ。大将軍の眷属が寄りつきなさる年の桃は出来がいい。それで大事に祀っているんだ。朱野の邦は桃が名産だから。……そういえば将軍、そろそろ斎庭に招かれる時期じゃないかな。今は桃の季節だし」

「おや正解。なんとちょうど今宵入庭されるよ」

「え、そうなのか？　……というかあなたは、朱眼大将軍をご存じだったのか？」

　驚いていると、まあね、と佐智は思わせぶりに笑った。

「実はあたしは、朱眼大将軍をお呼びするのに使う白桃をとりに来たところなのさ。うちの妻館の主が、ちょうど朱眼大将軍をおもてなしするんだよ」

なんと。あまりに幸運な出会いに、綾芽は目を輝かせた。佐智は胸を張って続ける。

「桃をどう使うかっていうと、匂いの強そうなやつを剝いて、かわらけに乗せた膳葉に山盛りにして、目印にするんだ。斎庭には神を招く妻館が百もあるから、神様が迷わないようにな。朱眼大将軍は、神饌の匂いを辿って、ご自分が招かれている御殿を見つけだすんだってさ。あんな綺麗な目を持っていらっしゃるのに、意外と鼻の方がいいんだな」

「そうなのか……」

初めて、自分が斎庭にいる実感が湧きあがった。里では、見えぬ神に祭礼を行うだけ。でも斎庭では、確かに見える神がもてなされているのだ。匂いにつられてやってくるなんて朱眼大将軍らしい。どんな姿をしているのだろう。眷属と同じか、人に似た姿か。

——あの子もかつて、大将軍に会ったのだろうか。

ふいに感じた胸の痛みをやりすごしているうちに、綾芽はあれ、と思った。

「なあ、神饌に金桃は使わないのか？　朱野の邦でとれるのは白桃じゃない、金桃だ」

「知ってるよ。でも金桃はこの時期、まだ固いからねえ」

「そんなの、酒漬けにすればいいだろう？」

「酒漬け？　なんだそりゃ」

都人（みやこびと）にも知らないことがあるのか。綾芽は新鮮な驚きを感じながら、金桃を差し出した。

「里の朱眼大将軍の祭礼では、固い金桃を酒漬けにして神饌にする。将軍の大好物で、ものすごく良い匂いがするから、きっと目印にもってこいだ」

「ふうん。なるほど、いいかもな。神祇令が定めた神饌とは違うけど、神が喜ぶなら構わないか。でも作り方がわからんな」

しばらく口元に手をやった佐智は、そうだ、と指を鳴らした。「あんたが作ってくれないか？　あとでとりに来るからさ。頼むよ」

「わたしが？　構わないけれど」

「はい、これ酒な。あたしのとっておきだ」

言うや腰に括（くく）っていた竹筒を放る。慌てて受け止めた綾芽は、眉を寄せた。

「……随分（ずいぶん）用意がいいな」

「そりゃ、このために用意したんだから。うまくやるんだよ」

え、と思ったときには、佐智は高笑いして出ていくところだった。

残された綾芽は、じっと竹筒に目を落とした。匂いにつられ来る大将軍。手には金桃。

――うまく、か。

「やってみる価値はあるな……」

＊

兜坂の大君は、古来より国神を王の庭へ招き、祀ってきた。しかし新たな土地と新たな神が増えるにつれて、すべての神への祭祀を行えなくなった大君は、自らの妻を王の名代として神をもてなすこととした。それが斎庭の起こりである。

以来、男の官人が外庭で国を治めるように、あらゆる知と技を持つ女が斎庭へ集められ、その持つ才に応じ、諸々を取り回す女官と、神を招きもてなす妻妾となった。

よってここでは妻妾も、外つ国の後宮のそれとは違う。官職の上下に拘らず、ほとんどは王の名代として務めを果たす名目上の妻で、高位の神祇官だった。実際に大君と婚姻の関係にあるのは、大君にごく近しい数人と、無官の女御だけ。

ゆえに人は妻妾らを、畏敬を込めて花将と呼ぶ。神をもてなすは神と戦うに同じ、と。

（わたしは、白鳥の群れに迷い込んだ名もなき小鳥のようだな……）

中位の花将・夫人らの妻館が並ぶ、広い通りを馬で駆けながら二藍は思った。

一路、賢木大路を北へ向かっている。目指すは斎庭の主、一花の妃宮が神をもてなす桃危宮だった。神のもてなしは普通、夕膳から始まり暁膳に終わる。夕暮れの入庭の刻が近い今、悠長に牛車に揺られるわけにもいかず、二藍は馬上の人となっている。

しかしまさか、桃を投げ返されるとは思わなかった。肩からふわりと桃の香りが立ち、二藍はわずかに微笑んだ。こういう驚きは久々に感じた気がする。

やがて門と門の間隔が広くなり、ゆきかう女官の姿も一見して洗練されてきた。最上位の花将・妃の妻館の並びまで来たのだ。ここに至ると、館ごとに構えが大きく異なる。斎庭の北東を占める、広大な禁苑の滝を背負う風光明媚な館。西南の大国、玉央の様式そのままの、反り返った屋根が天を衝く高楼の館。古式ゆかしき高床や土間床の拝殿を用意する館も多い。妃ともなると、神位の高い山川の神や、蕃神をもてなす役目を負う。それで館も趣向を凝らされていた。

そのうちもっとも豪奢を極めるのが桃危宮である。斎庭中央やや北、大路の突き当たりに構えた朱門の先に広い庭があり、板敷の拝殿を筆頭に殿舎が並ぶ。これが広大で四町ほど。加えて西の端に、妃宮の執務殿たる双嘴殿と御座所殿が続く。

大君の居所たる鶏冠宮に比類するその偉容は、そのまま宮殿の主の地位を表していた。神祇官の長たる神祇伯。それに任じられる一の妃が、桃危宮を賜り妃宮と呼ばれる。名実ともに斎庭の主であり、外庭の左右大臣と並んで国の要であった。

その桃危宮の門前で、二藍は馬を降りた。番をしているのは男の衛士だった。石帯に、掌鶏なるごく小さな鶏を入れた籠、孤をつけている。斎庭には宮内省の官人や衛士など男も多く出入りするが、数少ない例外を除けば、必ず孤をつけるのが決まりだ。孤に入れた掌鶏は、鶏司の官人以外が帯からはずそうとすると、驚いて鋭い鳴き声を上げる。

衛士は孤を下げない二藍を訝しんだが、顔を見るとすぐ、目を逸らすように頭を垂れた。二藍は意に介さず、足早に門をくぐった。

覚悟はしていたが、庭に足を踏み入れた途端、思わず袖で口元を覆ってしまった。むっとするような血の匂いが充満している。桃危宮が血に染まるのは珍しくもないが、硫黄じみた匂いと混ざり合い、喉の奥がむかむかとする。

「──わたし、もう逃げたい。明日も死人が出るわ」

先触れを頼む女官を探していると、築地塀の陰から二人の女の怯えた声が耳に入った。

「桃危宮に仕えたいなんて言うんじゃなかった。吐きそう。妃宮は、どうしてあんな冷静なのかしら」

女孺が胸の前で手を握りしめて言えば、相手の女官が「仕方ないでしょう」となだめる。

「国を守るには犠牲が必要なの。九重媛を鎮めなかったら、また山が火を噴くんだから」

「でも今日も舞女が死んだのよ。明日が自分の番じゃないって言える？　残る舞女はわたしとあなただけじゃない！」

「大丈夫よ、明日は三日目、満願日(まんがんび)でしょう。人は死なないわ」

「……じゃあ決まりね。明日はあなたが舞って」

女嬬の物言いに、女官の頬が引きつった。「なにを言うの。わたしがどれだけあなたを引き立ててやってきたと思ってるの」

「なんだ、やっぱり嫌なんじゃない。でもわたしだって嫌よ」

「嫌でもあなたの役目に決まってるでしょ。上官のわたしの命(めい)が聞けないの？」

「わたしの父は殿上人(てんじょうびと)よ。あなたが舞う羽目になるでしょうね」

「馬鹿を言わないで。斎庭の中では、親の官位なんて関係ないわ」

「ふうん、偉そうにしてるけど結局怖いのね」

「なにを――」

と女官が振り上げた手を、二藍は静かに近づき摑んで止めた。

「神のお休みなさる前で喧嘩か。怖いのか怖くないのか、どちらなのだ？」

「ふ、二藍さま」

二人はたちまち狼狽(ろうばい)した。二藍はすかさず、「心配しなくてよい」と穏やかに告げてやる。

「その任は確かに、お前たちのような麗(うるわ)しい娘には相応(ふさわ)しくない。そちらの女嬬は、今すぐ荷をまとめ、今宵中に斎庭を出なさい。貴族の父も喜ぶだろう。お前の方は、外庭の舞女になれるよう都合しておこう。なに、妃宮へはわたしから申しておく」

女官らは、たちまち頬を紅潮させ礼を言い始めた。にこやかに数度うなずき、二藍はさっさとその場を離れた。これ以上この二人にかまけるのは時間の無駄だ。

舞台の血を拭っていた女丁に声をかけつつ、拝殿へ向かう。血塗れの舞台と向かい合っているのに、拝殿はなにもなかったように清らかに見えた。階の袂に膝をつく。拝殿の御簾の奥には、生絹の帷に覆われた御帳台がある。今宵、桃危宮に招かれている九重媛は、今はそこで休んでいるはずだった。

拝礼を終えて顔を上げる一瞬、二藍は神の座を睨むように見上げた。閉じた帷はぴくりとも揺れず、二藍をあざ笑っている気がした。

「……二藍、それは官服か？　なんという格好をしているのだ」

御座所殿に通された二藍を見るや、御簾の向こうで妃宮・鮎名は笑いを漏らした。

祭礼と夕膳の儀の合間、わずかな休みなのだろう。気安い格好をして、繧繝縁の厚畳に座している。その艶やかで意志を滲ませた面が自分を見ているのを知り、二藍は少々の居心地の悪さを感じた。

花将となるのに特殊な力はいらない。ただ女官にしても妻妾にしても、成り上がるには何らかの才覚が必要だ。大君が選び抜いたこの妃宮は、それに足る器を持ち合わせている。

「所用がありまして。なかなか実直そうな男に見えると思うのですがね」

「むしろ胡散臭い。どこぞの女でもたぶらかしに行っていたのかと思った」

「人聞きの悪いことを仰る。そんなわけがないのはよくご存じでしょうに」

「どうだか」と鮎名は声を上げて笑う。二藍は御簾越しに向かい合うようにして座った。

「お元気そうで安心しました。ひどく落ち込まれているものかと」

「元気なものか。今日も五人死んだ。外庭の舞人も、内侍司の掌侍まで失ってしまった。大君になんと申し上げればよいのか。『九重媛は今日も、お楽しそうに鉾を振りかざされておりました。我らの臣は、みなひと突きにされました』、か？」

鮎名は投げやりに脇息に寄りかかったが、すぐに真面目な声で付け加えた。

「だが仕方ない。なにもせねば、九重山がまた火を噴くのを手をこまねいて待つだけだ」

九重媛は、津良の邦の中程にある大山、九重山に坐す女神である。元来、九重山は穏やかな山だ。裾野は長く、日当たりの良い山腹にはいくつもの里と村が栄えていた。

しかしひと月前の明朝、山は突然火を噴いた。駆け下った熱の川は、山麓の村を次々と飲む濁流となって山を下り、黒く野を埋めた。

九重媛が荒れ神になったという報は、すぐに国司から外庭に奏言された。大君はすぐさま招神の勅符を発し、鮎名は招神使を津良に派遣した。噴火は一旦収まったものの、山はいまだ黒き煙を吐き出し続けている。今すぐ斎庭に招き、もてなさなければ、さらなる惨事に見舞われる。

それで昨日より、桃危宮では九重媛の鎮謝の祭礼が続いているのだった。

なんという重責だ、と二藍は思った。自分にはとてもやりたいとも、やれるとも考えられない。

「お気に病まれませんように。今のところ、うまくいっているではないですか」

「うまく？　人が死んでいるのにか。わたしはみなに、死にに行けと命じねばならない」

「致し方ないところもあります。一番まずいのは、祭礼の途中で媛が気分を害し、帰ってしまう場合でしょう。人を殺して媛が楽しんでいるのなら、祭礼の意味はあったのです。明日、山が火を噴き津良の邦の里が全滅するよりは、はるかにましだ」

常年の祭礼では、九重媛は三日斎庭に滞在する。暁夕の膳儀の他に、特別な祭礼として鉾舞の九番勝負が行われていた。初日に三番、二日目に五番、三日目の満願日に一番。鉾を戦わせる様子を模した勇猛な舞を、人の舞女と九重媛が踊るのだ。勝敗は必ず決まっていた。初日と二日目の八番は九重媛が勝ち、最後の一番だけ人が勝つ。

荒れ神となった九重媛にも、今のところ同じ順序で祭礼が進んでいる。いつもならば踊りで勝敗を表現するだけのところ、人がばたばたと死んでいるが。

それでも、先祖が作りあげたこの祭礼の型を守るのが最善だった。神は人知を超えている。神位が高くなるほど人と離れていく。顔つきもわからず、言葉も通じない。交渉なんてできない。だから、人が死ぬからといって祭礼の流れを変えるなんてもってのほかだ。気を良くさせて、少しずつ、少しずつ鎮めていくしかない。火を噴く山に働きかけられるだけで幸せと思うべきなのだ。

「正論だが、お前はときどき、神のような割り切り方をするな」

鮎名の声には皮肉の色が混じっている。二藍はすまして切り返した。

「褒(ほ)め言葉と受け取っておきます」

「それがいい」

小さく笑って、鮎名は立ち上がった。「とにかく、明日が最後だ。これぞという者を舞わせねばならない」

「残った舞女たちには暇(ひま)をやってしまいましたよ。とても任(まか)せられなさそうだったので」

「それは手間が省けた。夕膳(ゆうべのみけ)の儀ののちに人選しよう。しかしまずは夕膳だな。大君もお越しになるはずだから、それまで付き合え」

「大君がお越しになるなら、わたしはお邪魔なのでは?」

何気なく返せば、鮎名の動きが止まる。二藍は何事もなかったように話を戻した。

「いえ。それでは大君がいらっしゃるまで、桃でも剝いて差し上げましょう」

「ほう、嬉しいな。実はさきほどから、良い香りがして気になっていたのだ。随分桃に執心と見える。——それも特別、朱野の邦の」

「……そのあたりのお話も交えて」

ぬるく、淀んだ風が御簾を揺らす。夕暮れを告げる鼓が遠くで鳴った。

*

「まあそういう、生きるか死ぬかのもてなしをしてる花将は、ごくごく少数なの。わたしたちには関係ない話ね」

言いながら、女嬬の須佐は、食事の膳を荒っぽく片付けた。面倒そうな顔をしたものの、斎庭のことを教えてくれる。

「荒れ神とか蕃神とか、そういうとんでもない神は妃宮がもてなすから関係ないもの。そもそもわたし、神位の高い神様なんて見たこともないし……て、聞いてる？」

はっと綾芽は顔を上げた。

「すまない、ちょっと考え事をしていて」

手元には漆の器がある。さきほどの金桃を酒漬けにしたものだ。果物に囲まれているのに、はっきりとそれとわかる良い匂いが立ちのぼっていた。

「やだ、小蠅が寄ってくると思ったらそのせいじゃない、最悪。食べないなら片付けて」

取り上げようとした須佐の手を躱し、綾芽は器を抱え込んだ。須佐の眉間に皺が寄る。

「なに、食べるの？　なら早く食べちゃってよ」

「食べない……いや食べるけどその前に、少し教えてくれないか」

「わたしの話、聞きたいのか聞きたくないのかどっちなのよ」

「悪い。あの、神様はここでは目に見える形でいらっしゃるのだろう？　どんな感じなのかな。姿とか、どこから来るかとか」

「それ、今訊く必要ある？」

「今じゃないとだめなんだ」

酒漬けの金桃を手に、伏して頼む。呆れたように息をついて、須佐は答えた。

「どんな感じって、そりゃいろいろよ。名のある山川の神みたいに神位の高い神様は、人の形をなさっていて、禁苑の冠岩や兎内池、妃がたの妻館の磐座に直接降りるっていうわね。神光に包まれてるから顔つきはよくわからないんですって」

「もっと身近な神は？　里で祀るくらいの神様について知りたい」

「そっち？　それなら自分で見れば。ほら」

言われて大路の方を見やった綾芽は、驚いた声を上げた。「大路を獣が歩いている！」

狼。大猿。猪。忙しく働く女官たちの間を、当然のような顔をして歩んでいる。

目を丸くしていると、あれが神よ、とつまらなそうに須佐は言った。

「神位の低い、普段わたしたちがお相手する方々ね。土地や肉を分けてもらってる山のヌシとか、里の神とか、その類。見た目だけじゃなく中身も獣と大差ないわ。祭礼も簡単。夕と暁に神饌を出して、はい終わり」

ぼんやりとした靄が、門のそばに現れる。最初は形もわからなかったものが、じわりと濃くなって、気づけば雄々しい白狼に変じていた。こうやって神は斎庭に入ってくるのかと仰天していた綾芽は、白狼の隣に小さな影を見て目を凝らした。……蜻蛉だ。

「もしかして、あの蜻蛉も神なのか？」

「そうじゃない？」

須佐は顔をしかめ、飛び回る小蠅を追い払った。「今夜来庭される中に、蜻蛉の神がいらっしゃるもの。虫の神って多いのよね。この間なんてわたし、甲虫の神のもてなしに駆り出されたのよ。大変だったわ。美味しそうに西瓜食べてたけど、ここだけの話、本当に神なの？　ただの虫じゃないの？　って思っちゃった」

綾芽が笑わないので、須佐はむっとした。

「というか、いつまで話させるの？　いい加減にしないとその桃、蝿の餌にするわよ」

「……実はそのつもりなんだ」

「え？」と眉を寄せる須佐をよそに、綾芽は覚悟を決めたように立ち上がる。漆の器を外に向かって突き出して、大声で叫ぶ。

「神様、こちらに神饌をご用意しました！」

須佐は唖然とした。「……なにやってるの。どうかしちゃったの？」

「朱眼大将軍を招いているんだ」

「朱眼大将軍？」

「小蝿の神だよ。今日招かれているんだ。きっと今、この辺りを飛んでいらっしゃる」

「はあ？　いやなに言ってるの。こんなところに招くって」

「斎庭の采女になるためには、わたしが本当に必要な存在だと示さなきゃならないんだ。絶対追い返されるわけにはいかない。約束したんだ」

「なにを言ってるのか……」

と言いかけた須佐が、急に言葉を切った。綾芽の背後を見て、わなわなと後ずさると、転がるように階を降りていく。

「どうした？　まさか朱眼大将軍がもうお越しに――」

綾芽の肩になにかが当たった。

ころりと転がったのは、焼けただれた人の首だった。

＊

「どうせお前は偶然を装って、朱野の邦の娘に神をもてなさせるつもりなのだろう？」

白桃をつまみながら、鮎名は試すような笑みを浮かべた。

九重媛に奉じる夕膳のために、白の表衣に短衣や裳、さらには宝冠をつけた一番の正装に着替えている。内は緑の色目だった。まるで平常の、穏やかな九重山の色だ。火を噴く神の前にそれで出ていくつもりとは。本当に肝が太いと二藍は内心舌を巻いた。

そして勘も鋭い。

「今までのようにすぐ追い返すわけでもなく、壱師門の楼上に留め置く。なにか考えがあるとは思っていたが、今日招神される神々を見てわかった」

と鮎名は、傍らの文筥に収まった巻子に目をやった。

「朱野より水菓子蝿の神、朱眼大将軍がお越しだな。甘き果実にのみ寄ってくる、清らかな虫の神だ。桃を好まれるのだったか。そういえば壱師門の楼上には、桃の籠が詰めこまれている。大将軍は匂いに惹かれるかもしれない。もしかしたら間違って、招きを受けた妻館ではなく楼上に向かってしまうやも」

つまり、と続けた。

「お前は否が応でも、その娘を斎庭に入れようとしている。迷い込んだ朱眼大将軍をもてなした、その機転を買ったというていで」

「どうでしょうかね」

と答えてから、二藍はさらりと付け加えた。「最初から仕組んでいたわけではないですよ。見所のある娘ならば少し手助けするつもりで用意はしていましたが」

ここまで読まれて、隠し立てしても仕方ない。確かに鮎名の言う通りである。桃を投げたのも、腐りかけの桃を潰して匂いを立たせるためだ。朱眼大将軍が釣られるよう。

「ほう。どういう気の変わりようだ。その娘に惚れでもしたか？」

「正直に申せば、少し気にはなりますね。なにせあの娘、祐宮の愛人になるつもりだそうです。ならば試したくなるのが男の本音では」

「……お前、本気か？」

「冗談に決まっているでしょう。本当のところは、わたしもいい加減、朱野の邦の攻勢に疲れてきたのです。そろそろ適当な娘を迎え入れてやろうかと思ったわけですよ」

「ふうん」

と鮎名は鋭く目を細めた。「あの朱野の釆女の顛末を知っていて、そんなふうに思う奇特な者はお前だけだ」

「みな考えすぎなのです。単に頭の足りない娘が、嫉妬にくるっただけだ」

「それで国が滅びかけているなら世話ない」

「だいたい、愛人になるなんてつまらない提案しかできない娘が、わたしの意図に気づけるかわかりませんよ。朱野の邦で作るという金桃の酒漬けくらい用意できないと」

「どうせ手の者を使って、それとなく誘導したんだろう。お前はずるいからな。今も腹の内でなにを考えているのか」

二藍は扇を口元に当て、ただ微笑んだ。ずるいと言われるのは慣れている。それで傷つくような心は、とうの昔に押しつぶされた。

侍女がやってきて、鮎名に耳打ちした。鮎名は脇息に寄りかかり、口の端を持ち上げる。

「どうやらお前の小細工は、無駄にならなかったようだな」

「と言いますと」

「今、壱師門から使者が来た。至急目通りしたいと。朱眼大将軍が来たのだろう」

「それはよかった――」

と、二藍が答えようとしたときだった。渡殿（わたどの）の向こうから、黒紫（くろむらさき）の袍に身を包んだ男が足早にやってきた。ここに先触れもなしに通る男は一人しかいない。二藍は頭を下げた。

「お邪魔しております、大君」

男は御簾越しにちらと二藍を見やると、感情の薄い声音で言った。

「誰かと思えば二藍か。妙な格好をしているからわからなかった」

兜坂の大君・楯磐（たていわ）であった。妃宮と並ぶ斎庭の主にして、この国を統（す）べる王。御歳（おんとし）三十三、壮健な賢王と称（たた）えられている。

二藍は、その通りであり、その通りでない、と思っていた。また今日も、曇天（どんてん）のような顔をしている。二年前の事件からずっとこうだ。いや、もはや曇天ですらない。塗籠（ぬりごめ）に押し込められた闇のよう。

「お早いのですね、大君」

と鮎名が慌てたように立ち上がった。声に緊張が混じっている。「今、装束を用意させます。その間に……桃でもいかがでしょう」

「そんなことより」

と冷たく、せわしなく大君は遮(さえぎ)った。「九重媛はどこにゆかれた」

「……は？」

一瞬表情が消えた鮎名だったが、問いの意味に気づくや驚くように尋ね返す。「拝殿におられるでしょう。夕膳の儀を待たれているはずですが」

「いない」

「そんなわけがありません」

「今、拝殿に寄ってきたのだ。拝礼したのだが反応がない。おかしいと思って御帳台を窺(うかが)えば、中には誰もいらっしゃらなかった」

鮎名は固まった。同じく呆然とした二藍に視線を移す。

「なにか心当たりはあるか、二藍」

「いえ、なにも……」

待て。そういえば――。

「おいこら通せ！　それどころじゃないんだよ！」

またしても渡殿から、今度は焦(あせ)ったような女の声が響いた。背の高い女が、女舎人らに押さえ込まれてもがいている。はたとして二藍は叫んだ。

「佐智(さち)！　なにごとだ！」

突然の声に、舎人はひるんだ。その隙に女——佐智は、矢のように二藍のもとに走り込んで膝をついた。

「大変だ二藍さま、壱師門に神が現れた」

「神？　朱眼大将軍か」

「そんな生易しい神じゃない、九重媛だよ！」

＊

「あなたは朱眼大将軍……ではないな」

強烈な硫黄の匂いが鼻をつく。

一歩、二歩後ずさり、綾芽はよろめきそうになって桃の籠に手を置いた。

目の前には、古の装束に身を包んだ女が立っている。

人ではないのはすぐわかった。顔は眩しくて窺えない。だが笑っている。口元が引きつるように開き、中が見えている。綾芽は幼い頃一度だけ見た、金の炉を思い出した。どろりとうごめく昏い赤。

その笑みのまま、神は踏み出でた。素足の下から、黒い煙が立ちのぼる。

綾芽は袖で鼻を覆い、必死に息を整えた。足元に転がった首は、焼けただれたようになっている。なるべく見ないようにする。楼の階下で悲鳴が聞こえる。きっとそちらから、この神は来たのだ。助けは来ない。

「……あなたはどちらの神であらせられるのか。教えていただければ、あなたをお招きした館にお送りしよう」

返事はない。綾芽の言葉は伝わっていない。ただ笑みを浮かべたまま、神は籠から金桃を放った。綾芽に当たり、ころころと転がる。もう一度とる。投げる。転がる。

――なにを言いたいんだ。

気圧(けお)されたように下がりながら、綾芽はじわりと汗を滲ませた。神の口が動く。音は聞こえない。神の言葉も綾芽には伝わらない。

三度桃が床を転がったとき、九重媛の手に鉾が握られていた。先は赤い。まるで焼けた金の――と思った瞬間、綾芽は衣をうち捨て走り出した。同時に神鉾(かみほこ)が大きく弧を描く。耐えがたい熱風が綾芽のすぐ横にあった桃籠を吹き飛ばし、焼いた。

(どうなってるんだ!)

わからないまま、綾芽は必死に鉾を避け続けた。熱風で視界が歪(ゆが)む。階(きざはし)がどこだかわからない。こうなったら外へ飛び降りようと走るも、いつのまに回り込んでいた神に、ことごとく行く手を阻(はば)まれる。ただひたすらに、逃げ続けるしかない。

逃げて逃げて――どれだけ刻(とき)が経(た)っただろう。神がまたも鉾を振りかぶった。綾芽はとっさに果物籠の群れに飛びこんで、床を転がった。激しく身体を打ち付けた痛みで顔が歪み、いっそどうとでもなれという気分になる。志(こころざし)を一つも果たせず死ぬなんて笑われるだろうが、もうそれで――。

　そのときだった。後ろから力任せに引っ張られ、朱色の丸柱の裏に引きずり込まれた。頬のすぐ脇を熱風が駆け抜けるのと同時、耳元で男が叱咤(しった)した。

「なにを諦(あきら)めている。戦え！」

　ぎょっとして振り返ると、綾芽を羽交い締めにしているのは二藍だった。

「は？　……なに言ってるんだ」

　間一髪を助けてもらった感謝は、瞬(またた)く間に消える。「どうやって戦うんだ、無理に決まってる」

「鉾ならある。これを使え」

「そういう問題じゃない！」

　問答無用に鉾を押しつけられ、とうとう綾芽は怒鳴った。「なにを考えている。いくらなんでも無茶苦茶だ。死ねというのか」

「言う。必要ならばな」

　思わぬ真剣な声が返ってきて、綾芽は言葉に詰まった。この男は本気なのだ。

「だが今は死を命じているわけではない。よく考えろ。九重媛がお前を殺すつもりなら、もうとっくに殺している」

「九重媛？」

　問おうとした綾芽を、二藍は有無を言わさず隣の柱の陰まで引きずった。その拍子に思い切り膝をすりむいたが、綾芽は顔をしかめただけで我慢した。熱風が背を過ぎていく。

　広げた袖の内で、二藍はやはり綾芽を押さえつけるように言い聞かせた。

「いいか、九重媛は鉾舞の最後の一番の相手にお前を選んだ。この調子ならば勝たせてくれる。絶対勝て」

　抱き込まれ、熱風を受け、二重に息が苦しい。綾芽は水面を探すようにもがき、ようやく返した。

「言っている意味がわからない！」

「神を鎮められるかは、お前にかかっていると言っているんだ」

「わたしに？　そんな、なぜ――」

「案ずるな」

尚も戸惑う綾芽を、二藍は強引に振り向かせた。「お前ならできる。わたしを信じて鉾をとれ」

なにを適当な、と言いかけていた綾芽は驚いた。まっすぐで、燃える瞳が目の前にある。捉えどころがない男だと思っていたのに。

「……わかった」

なぜかは知らない。でもその目を見たら、不思議と気持ちが定まった。

奥歯を嚙みしめ、鉾を受け取る。そうだ。ここで死んでなんになる。

「よし。それでこそ朱野の邦の女だ」

二藍の厳しい表情が、わずかにほころんだ。

「どうすればいい。本気で打ち勝てというわけじゃないんだろう」

「そう、これはあくまで祭礼だ。九重媛は、お前の勝ちと見なす合図なり仕草なりを決めているに違いない。常の祭礼なら、舞女の鉾が媛の胸を突く。それで九重媛は負けを認め、お帰りになるという流れだ。同じならば、九重媛は、お前が胸を突くのを待っている」

「胸を突く？　無理だ」

綾芽はちらと窺っていた首を、とっさに引っ込めた。「この熱風だ。それにあの鉾を見ただろう。とても打ち合えるような状況じゃない」

「桃だ」

「桃？」

「さきほどお前は、わたしに桃を投げ返しただろう。思い返せばあのとき視線を感じた。九重媛は、わたしたちを見ていたんだ」

　はっとして、綾芽は口元を引き締めた。

　鉾を手に現れた綾芽を見て、九重媛の笑みが和らいだ。気のせいかもしれない。実際綾芽は気になどしていなかった。大薙ぎされた鉾の下をくぐり抜け、転がった金桃を拾うや体勢を立て直す。息を深く吸った。

　ふと。森の奥で、朱之宮の陵に捧げる青海鳥を射た日々を思い出した。

　それが綾芽に許された唯一の務めだった。木に登り、息を殺してじっと待つ。やがて青い翼が地に降り立ったら、半弓に矢をつがえる。青海鳥の額を狙えるのは一瞬だ。外せば怒りくるった大鳥に瞬く間に蹴落とされ、首を折って死ぬだろう。

　でも焦ってはいけない。

　綾芽は静かに狙いを定め、振りかぶった。

　吸い込まれるように、桃は九重媛の胸を打つ。光が溢れ、たちまち奔流となって視界を覆い尽くした。ふらりと後ろに傾いだ身体を、男の手が引き留める。

ようやく薄目を開けたときにはもう、そこには誰もいなかった。

「九重媛は……」

「お帰りになった」

綾芽の背を支え、二藍はにこりと微笑んだ。「よくやった」

その声を聞いた途端、身体から力が抜けて、綾芽は崩れるように座り込んでしまった。

「……なんだったんだ、今のは」

「とても偉い神様だ。神位従一位(じゅいちい)、九重山におわします九重媛であられる。荒れ神だったゆえ、妃宮の御殿で必死にもてなしていたところだったのだ。まさかお前が鎮めるとはな。これは大手柄だ」

二藍は喜んでいる。詳細は頭に入らなかったが、大手柄と言われ綾芽の頬はほころんだ。

「わたしは立派に役に立った。つまり、これで斎庭に入れていただけるのだな」

「そうだな」

と二藍は頰の煤(すす)を払う。涼しく首を傾げた。「少し目立ちすぎたかもしれぬ」

「……なんだって？」

嫌な予感がするな、と思ったときにはもう、綾芽は荒っぽく持ち上げられていた。

「なにをする！　放せ！」

足をばたつかせても、二藍は「騒ぐな」と飄々と言うばかりでびくともしない。あっさり綾芽を俵のように肩に担ぐ。

「あまり騒ぐと罪が重くなるぞ。弾正伊は厳しいからな。即、庭外に放り出される」

「罪？　なに言って――」

「お前は罪人だ。ゆえに今から弾正台に突き出す。覚悟しておけ」

軽い調子で告げられた言葉に、綾芽はただ目を白黒させるばかりだった。

しばらくしたのち、衛士たちが階を駆け上がってきた。しかしそのときにはもう、楼上に人の姿は影も形もなかったのである。


「――本当にお前はよくやった」

夜がやってきた。斎庭の片隅、檜皮葺きの簡素な御殿の小さな庭に、篝火が灯っている。隅に植えられた賢木は檜垣に影を落とし、吹き付ける夏のぬるい風に揺らめいた。

その傍らで、男が楽しそうに口を動かしている。一応そばの綾芽に話しかけているようだが、もとから相づちなど期待していないのか、反応も待たずに言葉を継いだ。

「本来なら夕膳の刻だし、最後の一番は明日行われるはずだったのだが、媛は恐らくお前の剛毅さを気に入ったのだろうな。それでお前と鉾を合わせるを望んだ。上の御方は驚いていた。祭礼の型が崩れるのは荒れ神をもてなす際にはままあるが、まさか采女として任じられてもいない娘が勝負の相手に選ばれ、そのうえ九重媛の望み通りに勝ってみせるとは。九重媛は、我らの祭礼を受けて満足してくださった。これで九重山の火も治まる見込みが高くなっただろう」

まあ、半分はわたしの功績だがな、と男——二藍は笑った。

さきほどまでと随分印象が違う。黒の袍を纏い、冠もきっちりと被っていたのが、今は紋が織り出された赤紫の袍をゆるりと着て、頭など無冠な上に、垂髪を男童のように後ろでまとめてあった。綾芽は顔をしかめた。この変化は、夜だから、だけではないだろう。

「しかし、なぜ自分がこんな目に遭っているのかと言いたげだな、綾芽」

黙っているというより、黙っていざるを得ない綾芽を、二藍は目を細めて見下ろした。後ろ手に縛られ、口も封じて転がされている綾芽は、土に這いつくばりながら歯嚙みする。いや、よくわかっている。斎庭の非違を取り締まる弾正台に、罰を受けているのだ。罪状は、勝手に九重媛の相手をしたから——ではなく、妻館でないところに、定められた妻妾でない者が神を招こうとした罪である。

ぱちり、と火が爆ぜる。綾芽はなんとか視線を上に向け、目の前の拝殿を見やった。

ここは最下位の花将、嬪が守る妻館だ。

花将はそれぞれに妻館を任せられる。嬪の妻館は、斎庭でもっとも多く六十余を数え、一町を八つに分けた敷地に整然と門を並ばせていた。どの妻館も板葺きの拝殿と、その裏に小さな御座所殿を持つ。花将は自らの妻館の御座所殿に住み、神祇伯たる妃宮の命により、決められた神を決められた日に迎えるのである。

今宵も五つあまりの嬪の妻館の門前に、尾長鶏の尾を模した幟が掲げられていた。神の在館の印だ。ほとんどの館では夕膳の儀を終えている時分だが、まだ一つだけ、二室に分かれた拝殿の前室、堂に煌々と灯火が揺れている。それがここ、朱眼大将軍の祭礼が行われる妻館だった。

綾芽は二藍に運ばれて、気づけばここに転がされていた。夕と暁の祭礼が無事終わるまで、このままだという話だ。

それ自体に文句はない。実際朱眼大将軍は、綾芽の作った金桃の酒漬けに引き寄せられたらしい。そこに九重媛が現れた。驚いた大将軍は大垣の陰にでも身を潜めていたのか、いつまで経っても妻館に現れなかった。実は綾芽も嬪も二藍も、はらはらと待っていたのである。訪れがあったのは、ほんのついさきほどだった。

（ただなんというか――）

堂にちらと人影が差す。綾芽は考えるのをやめてそちらを見やった。背の高い嬪が、しずしずと神座に御饌を運ぶところだった。

「始まるようだな」と二藍が囁く。「お前の邦の神だ、よく見ておけ。勉強にもなる」

言うや拝殿の簀子縁を張った露台に上り、堂へ向かって深く頭を垂れた。綾芽も倣い、額を地にこすりつける。無理な体勢になって縄が身に食い込むが、耐えるしかない。

「ようこそお越しくださいました、朱野の邦の朱眼大将軍さま。此度はわたくしどもの手違いで大変ご迷惑をおかけして、なんとお詫びしてよいものか」

堂では祭礼が始まっていた。まず嬪は深く頭を下げ、落ち着いた声で奏上した。それから一段高くなった神座に膳を捧げる。神饌は金桃の酒漬けである。

「大将軍さまが好まれる、金桃の酒漬けを用意いたしました。どうか平に平にご容赦を。朱野の邦に、兜坂の地に、甘き果実を賜りますよう、伏してお願い申し上げます」

長々とお詫びして、ようやく嬪は身を起こした。綾芽は胃の腑の痛む思いをしながら、露台越しに堂内を窺った。

八重畳に置かれた、掌ほどの床子の上で、大将軍は透き通る羽を磨いている。熱風に煽られたのが気になるのか、元来綺麗好きな質ゆえか、丁寧に身を繕う姿形は蠅そのもので、綾芽が知っている将軍の眷属とまったく同じだ。小さく、白く、可愛らしい。違うのは、大きな両の目が五色に輝いているくらいだった。

もし大将軍が膳に手を付けなかったらどうなるのか、と今さら怖くなる。

なにが起こるかはわからないと二藍は言った。来年の桃が、大将軍の眷属が寄りつかない大不作になってしまうのかもしれないし、水菓子蝿が桃でないものを好みだし、病気が里に蔓延するのかもしれない。いずれにせよ、人にとっては悪い方に傾くという。もしそうなれば、故郷の民に申し訳が立たない。

緊張の刻が流れる。やがて将軍は音もなく飛び立ち、金桃の上に降り立った。しばらく匂いを嗅いで、ついと啄む。そのあとは夢中になって、長い口を動かし続けた。

充分に待ってから、嬪は膳を持ち、膳ごと奥の室へ将軍を運んだ。室との合間を仕切る布の帷を下げ、さらには筵の戸も閉める。

嬪は、次第を見守っていた二人に宣言した。

「大将軍さまは、ご就寝されました」

「……ご苦労だった」

ほっと二藍の背が緩んだのがわかり、綾芽も安堵の息を吐き出した。拍子に縄が腕に食い込むが、それも我慢だ。なんとか夕膳の儀は滞りなく終わった。次の暁膳まで、しばし息をつける。

堂の火が消され、辺りは闇に落ちた。目が慣れた頃、朱眼大将軍をもてなしていた嬪が庭に出てきて、「なあ」と二藍に話しかけた。

「この子だけ罰じゃあかわいそうじゃないかい。あたしだって関わったんだ」

「では尋ねるが、お前が『朱眼大将軍を呼んでみろ』と命じたとでもいうのか？」

「そこまでは言ってないけどさ」

「ならばお前はなにもしていない。そういう裁きになる」

「そうしないとあんたも同罪だからだろ。なんていうかあんたって、ほんとずるいな」

「ずるくて結構」

さらりと言ってのけた二藍に、嬪――佐智は大きくため息をつくと、「ごめんな」と綾芽に手を合わせた。佐智の真の官職は、この妻館の嬪なのである。

いや、と綾芽は首を横に振った。謝る必要はない。綾芽が勝手にやったのだ。そう仕向けたのは佐智だが、やると決めたのは綾芽だし、さらに言えば、佐智は命じられただけ。

気の咎めるような佐智の隣で、「殊勝だな」と二藍がからかった。

綾芽はよっぽどなにか言おうとしたが、口を縛められているので無理だった。もし言えたとしても、のらりくらりと躱される気がする。

「約束は守るから、心配しなくていい」

むくれた綾芽が見えるわけもないのに、二藍はそう言った。「明日、もし何事もなく大将軍がお帰りになれば、お前は庭獄(ていごく)に移され、弾正台の長官、弾正伊(だんじょうのいん)に査問を受ける。その前に、必ず話を聞こう」

本当だろうか、と綾芽は思った。この男を頼ったのが、そもそもの間違いだったような気がしてくる。

なんて言っても仕方ない。二藍以外に頼る者はいない。遊ばれている気もするが、真摯(しんし)に頼みたおすしかないのだ。

日の出とともに始まる暁膳でも、朱眼大将軍は金桃を多く口にして、満足したようだった。いつもの年よりたくさん食べてくださったと佐智は言っていたから、きっと来年も里は水菓子蝿とよい関係を続けていくのだろう。

無事に将軍を送り出し、疲れと安堵で眠ってしまったらしい。背中が痛くて目覚めると、暗闇でほとんどなにも見えない場所にいた。縄は解かれていたので手探りすると、どうやら岩屋に木の格子(こうし)を嵌(は)めてある。

庭獄に移されたな、と綾芽は思った。斎庭(ゆにわ)の北東には、禁苑に連なる岩山がせり出しており、そこに斎庭専門の獄があるという噂(うわさ)だったが、それがここなのだろう。

立ち上がろうとして、思い切り頭を岩屋にぶつけて声が出た。それでまた気づいたが、背中どころか節々(ふしぶし)が痛くてたまらない。一晩中縛られていたせいだ。斎庭の采女の誰より荒っぽく育った自信がある綾芽だったが、さすがに参って身体をさすった。

なんとか狭い岩屋の中、少しばかり横にも縦にも余裕がある場所を見つけてぐったりとしていると、どこかで木戸の開くような音がして、ちらちらと光が近づいてきた。目を細めて見やれば、鮮やかな色の女衣に男の袍を重ね、太刀を佩いた女武官だった。武官は、自分は弾正台の女官であり、程なく弾正台の長官、弾正伊が査問に来ると告げた。

「弾正伊は、あなたが斎庭に相応しいか、自らご判断なさるそうです」

綾芽は不安になってきた。もう弾正伊が来るとは。では二藍は来ないかもしれない。つまりは祐宮の力添えも期待できない。

でもすぐに覚悟を決めた。自分のできることをやる。それしかない。この一日で思い知った。所詮綾芽は、濁流を流される木の葉に過ぎない。

それでも。

苔の青さがじわりと鼻をつく。ひんやりとした岩肌に額を預け、綾芽は目を瞑った。

あれから二年。

――那緒。約束通り、わたしは来たよ。

「ねえ聞いて綾芽、わたし、とうとう采女として斎庭に入るのよ」

ようやく訪れた花の季節に、野花咲き乱れるあぜ道を歩きながら那緒は言った。はち切れんばかりに明るい声に、綾芽の頬もほころんだ。

「本当？　すごいじゃないか」

「でしょう？　うらやましい？　妬ましい？　なんとでも言って」

「はいはい、うらやましいよ」

本当、と口を尖らせる少女に笑ってうなずく。高慢で自信家。でも綾芽は、この娘が本当は竹を割ったようにまっすぐな心根の持ち主だと知っていた。

「ちょっと、もっと悔しそうにしてよ。じゃないと頑張った甲斐がないじゃない」

「悔しいに決まってるだろう。ああ本当に悔しいなあ。わたしも選ばれたかったよ」

「本当かしら。あなた、いまいちやる気がなかったように見えたけど。もしかして勝ちを譲ったつもり？　やめてよねそういうの。わたしはそんなこととしなくたって――」

「わかってるって。朱之宮の血をひいた、選ばれし百年に一人の逸材、だろ」

そう、と那緒は得意げに胸を張った。

かわいらしいな、と綾芽は思った。見目よく、頭もいい。性格だって知れば知るほど好きになる。この子なら本当に、朱之宮の血をひいているかもしれないと思ってしまう。

（わたしは本当にうらやましく思っているんだよ）

綾芽は心の中で苦笑した。

国司が考査の触れを出したのは、采女に欠員が出てすぐだった。綾芽は那緒に引っ張られるようにして手を上げたが、自分はお呼びでないとわかっていた。順からいくと、次に采女が出るのは三奈崎で、三奈崎の郡領の娘である那緒に最初から決まっているようなものだったし、角崎の郡領の娘である綾芽には、そもそも後ろ盾がなかった。

采女は、郡領にとってほとんど唯一の中央とのよすがである。父は、綾芽の妹を采女に出したいと願っていた。綾芽は、どれだけ頑張っても采女にはなれないと悟っている。

もちろんそんな事情なんて関係なく那緒が頑張っていたのは知っていたし、那緒が選ばれるべきと思っていたから、その知らせは心から嬉しかった。

「じゃあ那緒がこっそりここに来るのもこれで終わりか。さっきのが、朱之宮への最後のご挨拶だったんだね」

「そうなるわね」

と那緒は、後ろにこんもりと茂る小山を振り返った。かつての女王、朱之宮の陵だ。

言葉も文化も違う、海を隔てた西南の大国たる玉央。朱之宮は、その玉央の主神である玉盤の神々を兜坂に迎えた、初めての大君だった。迎えたくて迎えたわけではない。玉盤の神は、兜坂が古来より迎えてきた神々とはなにもかもが異なる。人を押さえつけ、律し、その運命を勝手に定める神である。兜坂国にも、無理難題を吹きかけて臣従を迫ったという。

それに毅然と立ちはだかり、退けてみせたのが朱之宮だった。

朱野の邦の娘の誰もが憧れる、孤高の女王。今は、都から遠く離れたこの角崎の地に眠っている。

「あなたのお蔭で、うるさい父さまなんかを放って、朱之宮にちゃんとお参りできた。何度も。感謝してるわ」

あなたと初めて会ったの、いつだったかしら。那緒は風に流れる髪を押さえた。

――忘れもしない春だった。朱之宮の陵を巡る大垣の前に立つ、同じ歳くらいの小さな娘に、綾芽はしばらく前から気づいていた。きょろきょろと周りを見渡して、固く閉ざされた陵の門を開けようと試みている。

当然ながら、門はびくともしなかった。角崎の地は、綾芽の父の領地である。北の小邦、朱野の邦のさらに果て。稲もろくにとれないこの地を守る郡領が誇れるのは、この陵と金桃くらいだ。よって他の郡領やその家族さえ陵には近づけず、遠く拝殿から眺めざるを得なかった。陵の周囲には大垣が巡り、門も厳重に閉ざされている。

でも娘は諦めなかった。門は開かないとみるや、沓をかなぐりすてて大垣をよじのぼる。

二度転げ落ちたとき、綾芽は隠れていた木の枝から飛び降りた。

「そんなに入りたいなら、手助けしてあげようか」

今思えば、なかなかの勇気だったかもしれない。綾芽はその娘が、三奈崎の郡領の娘、那緒だと知っていた。角崎と三奈崎は、古来より何度も血を流し合ってきた。兜坂の大君のもと、朱野の邦としてまとめられてからも、その遺恨は尽きない。

「別にいいわ。わたし、敵の施しは受けないたちなの」

思った通り、那緒はつんと綾芽の申し出を突っぱねた。綾芽は笑ってしまった。

「敵じゃないよ」

「あなた角崎の娘でしょ。父の敵たる角崎、その娘。ならやっぱりわたしの敵じゃない」

「それは、わたしの父がわたしの味方だったらだろう？　父はわたしの味方じゃない。だからわたしはあなたの敵じゃない」

「なに言ってるの」と言いかけた那緒だが、綾芽の姿をてっぺんから足の先まで見つめて口ごもった。

明るいところで見れば瞭然だ。綾芽は郡領の娘としては貧相に過ぎた。そこらの農村の男童が着るようなつぎはぎだらけの服。痩せぎすの身体、荒れた肌にぼさぼさの髪。なによりこんな昼間に、陵の森を半弓片手にふらついている。

「……そうね」

と唇に指を当て考えていた那緒は、やがて笑みを浮かべた。「わかった。じゃあ、あなたがわたしの敵かは自分で考える。とりあえず、入れてくれるっていうなら案内して。わたし、どうしても朱之宮にご挨拶したいのよ」

そのときにはもう、綾芽はこの少女が好きになっていた。あなたが何者かは、自分で考える。そう言ってくれる者はほとんどいない。短い人生の中で、嫌というほど思い知っていたからだ。

綾芽は大垣の傍らの水楠（みずくすのき）の大木に那緒を連れていった。必死によじ登った那緒を連れて、大垣の向こうに飛びこんだ。

夕方、誘拐だなんだと一触即発の角崎と三奈崎の郡領のもとにしれっと戻った那緒は、綾芽と出会ったことを誰にも言わなかった。そんなことなどなかったように振る舞った。寂（さび）しかったが、綾芽もそうした。那緒のためにはその方がいい。

翌朝、綾芽は見知らぬ童から文（ふみ）をもらった。綾芽と文をやりとりする者などいない。怪訝（けげん）に思いながら開くと、美しい文字が書いてある。綾芽はほとんど字が読めなかったが、かろうじてこう書いてあるのはわかった。

『また会いましょう　　あなたの友人より』

ぽたり、と嬉し涙が文を濡らしているのに気づいたとき、綾芽は自分にもまだそういう気持ちが残っていたことに初めて気づいた。

「――那緒が斎庭に行ってしまったら、寂しくなるな」

つい本音が漏れて、綾芽はしまったと思った。

斎庭に入るのは那緒の悲願だ。那緒はずっと朱之宮に憧れていた。朱之宮のような妃になりたいと願っていた。

兜坂では、神を招くのは人のためだ。稲の神、川の神、雨の神。神をもてなし、なだめ、その隙に人の利を少しでも引き出す。少しでも暮らしよくなるよう頭を使う。昔の人々もそうやって灌水を整備し、田畑を耕した。

繰り返し、前に一歩一歩進むのだ。そうすればいつか朱野の邦にも、たわわな稲穂が揺れる。わたしは揺らしてみせる。

そう語る那緒を誰より知っている。だから絶対笑顔で送り出そうと思っていたのに。

と、那緒はじっとりとした目を綾芽に向けた。

「寂しい？　なに言ってるの？　次はあなたの番だから。早くしないとわたし、すっごく偉くなっちゃうわよ。わたしに畏まる羽目になるの、嫌でしょ？」

「そうだな。でもわたしには無理だ。だって――」

両頰を軽く叩かれて、綾芽は目を白黒させた。

「あのね、泣き言を聞いてる暇はないの。斎庭は実力主義だっていうわ。生まれとかより、どれだけ神をうまくもてなせるかで決まるって聞いたの。いまの大君の妃宮も、もとは低い身分の生まれだったけど、大君に認められてのし上がったんですって。わたしもそうするわ。わたし、春宮（太子）の一の妃になるから」

「……春宮の？」

「そう。つまり次の斎庭の主人ね。そうなったら右腕がいるのよ。仕事ができて、信頼できて、ちょっと気を抜ける右腕が。偉くなったら自分で選べるんですって。あなたを選ぶから。絶対呼ぶから。だから来て」

——約束よ。

綾芽はずっと待っていた。待つだけでなく、できることはなんでもやった。人の目を盗んでいくつか字の読み方を覚えたし、祭礼も身を入れてこなした。選ばれずとも、采女の考査があれば手を上げた。すべては、斎庭で同じく頑張る友人がいればこそだった。

那緒は、無事入庭したと伝え聞いた。妃宮や、神祇官の祐宮の覚えも良く、たちまち春宮づきの女官を任せられたと知ったとき、自分のことのように嬉しかった。那緒の夢は、綾芽の夢だった。

なのに。

「なあ、聞いたか。三奈崎に、那緒という娘がいただろう？　あの娘、斎庭で人を殺したらしい」

ある日、耳に入った大人たちの声に耳を疑った。

「え、殺し？　それまたなぜ。喧嘩でもしたかい？　いじめに遭って復讐したとか」

「ならましだった。あろうことか、春宮の寵妃を殺したんだってさ。それも嫉妬して」

ええ、と相づちの声は驚いて、思わず漏れた綾芽の呻きをかき消した。

「そんな、三奈崎はなんて娘を采女に出したんだ」

「人ごとじゃない。大君は激怒されてる。朱野の邦の采女はみな送り返されるとか」

「なんだって？　くそ、とんだ馬鹿娘だ。帰ってきたらただじゃおかない」

「帰ってくるわけない。とっくに死んだ」

綾芽が愕然と息を呑む間も、会話は無情に進んでいく。

「弾正台に追いつめられて、自分の胸をひと突き。死体は獣に食われたとか――」

もう我慢できなかった。耳を塞ぎ、綾芽は逃げ出した。信じられない。那緒が、嫉妬で人を殺した？　あの那緒がそんな短慮を起こすわけがない。

もう、この世にいないわけがない。

なにもかも嘘だと思った。走りに走り、疲れて倒れ、暗闇で震えた。

その夜だった。

ふと目を開ければ、闇のみぎわに那緒が立っていた。滴をしたたらせ、青ざめた唇を固く引き結んでいる。綾芽は懸命に手を伸ばそうとしたが、動けなかった。声も出ない。那緒の声も、地面に落ちる水滴の音すら聞こえない。でも。

——待ってる。

確かに友人はそう言った。昔と変わらぬまっすぐで、強さの籠もった瞳を逸らさずに。

そのとき綾芽は心に決めた。

那緒が人殺しをするわけがない。もし万が一殺したとしても、そこには深い事情があったはずだ。でも誰にも助けを求められず、たった一人で命を落とした。

友が助けを欲していたときに助けられなかった、無力な自分にできるのはただ一つ。

——なにがなんでも、斎庭に入ってやる。真実にたどり着いてやる。友の悔しさを、絶対に晴らしてやる。

命に代えても。

惜しくはなかった。那緒はこの世でただ一人、綾芽の価値を認めてくれた人だった。その友亡き今、この命はただ真実を知るためにある。

　岩屋の外に人の気配がする。起き上がり、胸に手を強く押し当てた。

「さて、まずは約束通り話を聞こうか」

　格子の外を見やれば、赤紫の袍を着た男が笑みを浮かべていた。

（来てくれたのか）

　綾芽は少しほっとして、気持ちを入れ直した。まだ諦めるには早いらしい。

　小さく息を吸って、男の名を呼んだ。

「二藍（ふたあい）さま――いや、有朋王（ありともおう）であられるな」

「二藍でいい」

　と二藍は、あっさりと答えた。「ちなみに、二藍とは通称だ。神祇官の王族は、通称を名の代わりにするのが慣例でな」

「……急に本当の名を呼ばれたのに、あなたはまったく動じられないのだな」

「一応驚いたが。いつからわたしが神祇祐（じんぎのじょう）だと気づいていた？」

　昨日と変わらぬ調子だ。ほとんど目が合わない。のらりくらりと視線を漂わせている。

（いや。昨日、最初に会ったときと、か）

　九重媛（ここのえひめ）に相対したときは、もっと違う男にも見えたのだが。

気を取り直し、綾芽は続けた。

「昨日、九重媛がお帰りになった頃には。あなたは外庭の官人にしては、よく斎庭をご存じだったし、桃のこともあったから。……なぜ桃という手がかりを与えて、わたしを助けてくださった」

二藍はわざとらしく目を開いた。

「なんだ、お前はこんな目に遭っておいて、わたしに助けられたと思っているのか？　弾正台に突き出されたのはわたしのせいなのに」

「でもわたしが斎庭に入るには、なにかを成し遂げなければならないのだろう。あの状況では、わたし一人ではなにもできなかった。だから少なくともあの桃を投げたのは、助けてくださる気もあったはずだ」

綾芽が負けじと言い返すと、二藍は笑った。「まあな。愛人にしようと思ったのだ」

「……愛人？」

「なんだ、昨日、自分で取り引きを持ちかけたのを忘れたか。それとも怖じ気ついたか」

「いやまさか、違う！」

そうだった。なにがなんでも斎庭に残りたいがゆえにひねり出した方策。今となっては斎庭をなにも知らなかったゆえの愚策としか思えないが、約束は約束だ。

「それであなたが働きかけてくださるなら喜んで――なぜお笑いになるのか！」

　二藍は顔を袖で隠して肩を揺らしている。からかわれていると気づいて、綾芽は真っ赤になった。

「冗談だ。愛人なんかにするものか。都の外では、わたしは斎庭の女を食い荒らしていると思われているが、誤解も甚だしい。この髪を見ろ。わたしは男として扱われていない。男が入庭するとき必ず持つ孤も下げていない。……神ゆらぎなのだ」

「神ゆらぎ？　なんだそれは」

「知らないか。王族に時おり生まれる、神気を帯びた、神と人の合間を揺らぐ者だ。神ゆらぎとして生まれた王族は、神祇官にしかなれない。名を奪われ通称で呼ばれ、いつまでも髪を結い上げない。つまり、わたしは男ではない」

「いや、でも」

　なんと言っていいのかわからない。二藍は背も高く、体つきもしっかりしていて、立派な成人の男だ。遠き国の後宮にいるという宦官にも見えない。

「我が身には、神気が澱んでいる。もし交われば、その者に神気を移して殺してしまう。わたしは男の前に神祇官だから、斎庭の女を殺す真似はしない。そういうことだ」

「そうか」

綾芽はぽつりと言って、必死に考えた。二藍は飄々としている。でも、慰めなければいけない気がした。綾芽の身に染みついた寂しさが、どうしてもそうさせた。

「あなたはなんというか……本当は真面目で、優しい方なんだな」

ふいに二藍は目を細めた。しかしすぐに扇で隠し、低く笑いを漏らす。

「なにを言うかと思えば。まあいい、話を戻そう。仮にわたしがお前を助けたとして、それは単に、いい加減面倒事を終わりにしたいだけだ。お前は今までの候補よりはましだから、大君や妃宮を押し切ってしまいたい」

「それでも嬉しい。あなたが選んでくださったのには変わりない」

綾芽は大きく息を吸った。もう、正面から頼む以外に方法はない。

「二藍さま、どうかお頼みする。弾正伊に、なんとかその……寛大な処置をお願いいただけないだろうか。あなただけが頼りなんだ」

岩に額をぶつける勢いで深く頭を垂れる。と、

「一つ祐宮として忠告するならば」

二藍は扇を持つ手を口元に寄せ、ゆっくりと言い含めた。「お前は昨日、声を上げて朱眼大将軍を呼んだだろう？　多くの者が聞いている」

「……確かにそうしたけれど」

綾芽は、『こちらに神饌がある』と大路に向かって叫んだ。

「それはよくなかった。声を上げれば表に現れる。表に現れれば、伊は処罰せざるを得なくなる。弾正台は、表に現れた事実を厳しく拾いあげ、功罪を定めるのが職務だ。次からは、しれっと金桃の酒漬けを置いておくんだな。なぜそんなものを置いたのか、なんて訊かれても、策は腹の内に抱えたまま、本当のことは言うな。嘘でないことを言え。それが斎庭の鉄則だ」

「わかった。気をつける」

と綾芽は神妙にうなずいた。本当のことと嘘でないことの違いがわからないが、なんでも素直にさらけ出しては斎庭を渡っていけないのは、二藍と話して重々実感している。

よし、と二藍は目だけで笑うと、ゆっくりと扇をしまった。

「ならば神祇祐としてのわたしは、お前を采女に推挙しよう」

「……本当か」

嬉しさが胸をはち切らんばかりに膨らんだ。ようやくだ。ようやくここまで来た。

「嬉しそうだな。まだ采女になれると決まったわけではないぞ」

「わかっている。でも安心したんだ。ずっと不安だったから」

「そんなに斎庭に入りたかったのだな」

「それはもう」

「なぜだ？」

「なぜって――」

頬を緩めて答えかけ、はっと綾芽は言葉を止めた。違和感があった。二藍の声に、今までとは違う鋭さがある。

ふいに、二藍が太刀を佩いていると気づいた。今になって気づいたのは、二藍の纏う雰囲気ががらりと変わったからだ。それがなぜかを考えて、綾芽は顔色をなくした。

「さて綾芽」

二藍はあるかなしかの笑みを浮かべたまま、鋭く目を細めた。「ここからは、わたしは神祇祐ではなく、弾正伊としてお前を査問する。お前はなぜそれほどまでに斎庭に入りたいのだ？　その返答如何によっては逆賊として処罰する」

「逆賊……」

綾芽は後ずさった。話が読めない。「待ってくれ。なぜそうなる」

「上の御方は心配なされていてな。前の采女、那緒が春宮の女御を殺しただろう？　朱野の邦の女がまた凶行に及んだら困る。那緒の陰謀に荷担していたらなおさら困る。よってその心の内を明らかにしておきたいのだそうだ。別に簡単な質問だろう？　なぜ斎庭に入りたいのか訊いているだけだ」

「それは……当然だろう、朱野の邦の郡領方が望んでいるからだ」

綾芽はとっさに誤魔化した。「ここ二年、あなた方は朱野の邦の采女をことごとく送り返してきた。このままでは朱野の邦は中央とのよすがを失う」

「違うな。それは郡領らの願いだ。お前の願いではない。お前はほんの少しも、郡領たちのためになんて思っていない。わたしにはわかる」

「なぜ決めつける。嘘では」

ない、と言い返そうとして、綾芽はぎょっと岩屋に背を張り付けた。目を逸らしてばかりいる二藍が、今はまっすぐこちらを見ている。黒々としていたはずの瞳は、朱のように赤かった。

「……どうなされたんだ、それ」

二藍は、あざ笑うように答えた。

「わたしは神ゆらぎだと言っただろう。しかも神に寄っている。よって心術を使う」

「心術……」

「人ならぬ力だ。わたしの力は、他人がこの目を見て言った事柄が、真(まこと)を含んでいるのか、根も葉もない出鱈目(でたらめ)かを知ることができる」

「目を見れば、嘘が見抜けるというのか」

「そう。だから今、一つも真が含まれない嘘をつくな」

「……ついたらどうなる」

「偽(いつわ)って斎庭に入る女など、いくらなんでもかばい立てはできない。即処断することになるな。もちろんお前が真実を言ったとして、それが那緒に関わる理由だったとすれば、やはりわたしはお前を斎庭に入れるわけにはいかない。それが上の御方のお望みだから」

　唇を噛んだ綾芽を、さあ、と二藍は太刀の柄(つか)に手を触れながら促(うなが)した。

「お前はなぜ斎庭に入ろうと思ったのだ。申してみろ」

　――どうする。

　汗が背を流れた。真っ赤な嘘を言えば処断。だからといって、那緒の死の理由に疑問を抱いている、本当のわけを知りたい、と明かしても処断。逃げ場がない。

　焦りがさらなる焦りを生む。嘘はだめ、でも真実も言えない。だったらもう――。

　と、綾芽は唐突に気づいた。

　朱色の双眸は変わらず綾芽に向けられている。でも思ったよりも静かだ。怖くない。

（まさか……そうか）

　意を決し、慎重に口を開いた。

「わたしは角崎の郡領の娘だ。でも、本当は違う」

「どういう意味だ」

「わたしは罪人の娘なんだ。角崎の郡領もその妻とも、血は繋がっていない」

二藍の目が、驚きに見開かれた。すぐに苛立ったように問いただされる。

「なにを言っているかわかっているのか。あとでなかったことにはできぬぞ」

その警告に、

――やっぱりこの人は、わたしを助けようとしている。

そう綾芽は確信した。この査問は、そのままの意味で受け取ってはいけない。二藍は、本当は綾芽がやってきた理由を見抜いている。その上でどうにか斎庭に入れようとして、型どおりの査問を行っているのだ。

だったら応えるしかない。ぎりぎりの本当を、語るしかない。

「真実を話しているのは、その瞳でおわかりだろう。でもわたしにやましいところはない。

朱之宮の伝説をご存じか」

「朱之宮の血は、朱野の邦に流れる――というものか」

「そうだ」

百年も昔の話だ。そのとき兜坂国は、立国以来の危機に陥っていた。玉盤神なる外つ国の神々が、自らを奉ずるよう求めてやってきたのだ。

兜坂の浮かぶ広大な廻海の中心には、東の玉盤、西の銀台と呼ばれる対になった巨大な島がある。その玉盤の周りに集う国々のうち、もっとも強大なるが兜坂の西南・玉央国だ。この国を兜坂はときに恐れ、ときに敬ってきた。干戈を交えた過去もあるが、教えられたことも多い。

しかしその祭祀の仕組みだけは、決して理解できず、受け入れられもしなかった。

兜坂の奉ずる神は、山川の神や豊穣の神から武神に至るまで、態を表すものだ。雨風に神と名を付けるようなもので、群れもせず、神の中で上下もない。そもそも他の神とは関わらない。ただそこにある。そういうものである。つまりは人と上下もない。よって兜坂では、人は神の意向にただ従うわけではない。

しかし玉央は違う。同じく態の神々を祭祀するが、それとは全く異なる神をも奉じる。その意向に刃向かうことは許されない。

それが玉盤神と称される、玉盤の島に住まうとされる神々であった。

理の神なのだという。自らを祭祀する国々に厳格な序列を与え、理不尽とも思える理を強要する。たとえば、序列の下位の国は、上位の国より多く神を招いてはならない。必ず決められた日に祭礼を行い、決められた贄を捧げねばならない。決められた通りに、王の名を玉盤の神に宣さねばならない。ときには玉盤の革新のため、無作為に一国を選び国家の解体を命じるが、甘んじて受けねばならない――。

もしその理から外れれば、ただちに滅亡を賜る。例外はない。

だが意外にも、血で血を洗う争いを繰り広げてきた玉盤の国々には、その苛烈さはかえって好まれた。序列の上下を厳格に与える神。裏を返せば、その神を厚くもてなし、序列を上り詰めれば、それだけで他国の上に立つも同じである。現に玉央は、そうして宗主国であった斗涼を討ち果たし、国土を広げたという。

よって玉盤の大島の周辺地域では、多くの国がこの神を奉じる道を選んだ。玉盤の神の方でも歓迎した。神威があまねく届くのが、この理の神の目指すところだからである。

ただどちらも、兜坂には関係のない話ではあった。玉盤から離れた国であるゆえに、玉盤の趨勢になど関与しない。興味もない。よって兜坂は玉盤の神など奉じない。玉盤神の定めた法も意に介さない。ずっとそうして生きてきた。

しかし、朱之宮の御代のことだ。

玉央から親書が届いた。その内容に、兜坂の官僚たちは仰天した。独自の祭祀を取りやめて、玉央に祭祀を任せよとあったのだ。当然兜坂は抵抗した。独自の祭祀を手放すとは、もはや玉央の属国も同じ。必ず国は衰える。

しかし玉央は、これは親切心であると告げた。なぜなら玉盤神は、玉盤の東の国々のうちで唯一、自らを招きもせぬ兜坂国に怒っている。ゆえにその祭祀をすべて取り上げて、自らのみを祀らせようとしているという。近々必ず斎庭を訪れ、兜坂中の神々を二度と招かぬと、大君に誓わせようとするだろう。兜坂国にこれを退けることはできない。態の神を招けなくなれば、国は滅びを避けられない。だが先んじて斎庭を潰し、玉央に祭祀を明け渡せば、事態は変わる。自由に祭祀はできなくなるが、玉央の庇護のもと、玉盤神からの温情を受けられる——。

兜坂は割れた。玉央の提案は到底受けいれられない。ならば策は一つ。神を撥ねつける他はない。とはいえ玉盤神への反駁は、下手をすれば即刻国の滅びに繋がる。文字通りに国が消える。滅ぶくらいなら受けいれた方がましと主張する者も多くいた。

それでも朱之宮は諦めなかった。玉盤神と玉央、どちらも退けるべく、玉盤の神と相対したのである。

玉盤神は朱之宮に、神招きを辞めると宣させようとした。朱之宮が拒絶すると、神命で従えようとしたという。神命とは人を無理矢理に従える、神の御業だ。命じられれば、人は決して抗えない。

しかし朱之宮は、その神命をも退けてみせた。

結局玉盤神は、玉盤神を奉ずる中位の国の証である、白璧を授けて帰っていった。兜坂国は、玉盤神を斎庭に招くことは受けいれたものの、祭祀は捨てず、渡さなかったのだ。とはいえ朱之宮も無事ではいられなかった。見る見る衰え、数日のうちに身罷った。その身体は遠い北国、朱野の邦に葬られた。嵐が過ぎた今、外庭はなるべく玉盤神の機嫌を損ねたくなかったのだろう。

「――だが庶民はそれほど薄情ではなかった。朱之宮の血は、朱野の邦に染み渡った。いつかまた朱野の邦から朱之宮の血を引く者が生まれ、神命を退ける。そう言い伝えられるようになった」

二藍の言葉に、綾芽はうなずいた。

「朱之宮よりあと、王族からは女が一人も生まれない。だから朱野の邦の人はそれも、朱之宮の血が朱野の邦に潜む証と信じている。今も」

那緒もそうだった。わたしこそ朱之宮の血を引く女なのよ、と自分を鼓舞していた。

二藍は額を撫で、わずかに視線を落とした。しかしすぐに思い直したように綾芽を問いただす。

「だがそれと、お前が罪人の子であることにどう関係がある」

「わたしの父母は角崎に仕える一族だった。でもわたしが生まれた年、朱野の邦は冷たい夏を迎え、飢餓にあえいだ。それで父母は責を問われ、刑に処されることになったんだ」

　罪人を運ぶ行列が、朱之宮の陵を囲む森を抜けるときだった。綾芽の母は急に産気づき、その場で綾芽を産み落とした。

「朱野の邦では、陵の森で生まれた子には朱之宮の血が流れるとされる。だから養父は、わたしを自分の子として引き取った。とはいっても、伝説を本当に信じていたわけじゃないだろう。娘として扱われた覚えはない。義理の兄弟のもらえるものはなにひとつもらえなかった。養父母の愛も、食べ物も、着物も。許されたのは、朱之宮に捧げる青海鳥（あおみどり）の角を獲（と）りに森に入ることくらいだ」

　それはていのよい厄介払いだっただろう。青海鳥は凶暴で、返り討ちにされる狩人（かりうど）も多い。もし陵の森で、朱之宮に捧げる角を獲るために死んだのなら、誰もが仕方ないと言う。朱之宮の血を引く娘は、朱之宮のもとに帰っていった。それが運命だった、と。

　過去を思い出すたび重くのしかかる靄（もや）のようなものを振り払い、綾芽は続けた。

「つまり、里にわたしの居場所はない。家族に厄介者と指差され、民（たみ）には郡領の娘と指差される。どうしても抜け出したかったんだ。斎庭は王の後宮だが、神をもてなすゆえに才が問われると聞いた。わたしをわたしとして見てくれる場所に挑みたかった。――これがわたしが、どうしても采女になりたい理由だ。嘘ではない」

一つも嘘ではない。綾芽はずっとこの斎庭に、最後の夢と救いを見出していた。斎庭でなら、自分にも少しは価値があるかもしれない。誰かに大切に思ってもらえるかもしれない。誰かを大切に思えるかもしれない。

だからこそ綾芽はあの日、陵に入りたがっている那緒に声をかけた。那緒の夢を自分の夢として願った。

だからこそ、その夢を那緒が自ら絶ったとは今も信じられない。

「なるほどな」

二藍は小さく息をついた。綾芽を哀れんだようにも、安堵したようにも見える。「だがお前は間違っている」

「本当だ！」

「里から抜け出したかった、ではなく、わたしこそが朱之宮の血を引いている、だから斎庭に入るのは当然だ、くらい言い放て」

「……いや」

思ってもみないことを言われ、綾芽は指先に目を落とした。「そんな大それた考えを持っていないくらい、あなたの目には見えているだろう」

そういうのは那緒の領分だ。綾芽は眩しく見ていただけだ。

「なんだ、そこには自信はないのか？　よくわからん娘だ」

「自信のあるなしの問題じゃない」

「今はいいがな。そんな放言、上の御方が知れば面倒だ。だがこれからは違う。思っていないなら思え。采女として生き抜くなら、そのくらいの自負は必要だ」

もちろん腹の内でな、と二藍はうっすら笑い、綾芽は息を吞みこんだ。二藍の目の色が変わっていく。熱した鉄が冷えるように。

「ということは――」

「査問は終わりだ。確かに嘘ではないな、嘘では」

「……ありがたい」

綾芽は胸がいっぱいになって、深く頭を下げた。感謝してもしきれない。やっぱり二藍は、敢えて逃げ道を作ってくれたのだ。祐宮としての忠告――本当のことは言うな。嘘でないことを言え――とは、那緒のことに触れずに説明してみろという意味だ。

しかし安堵の一方で、疑問が頭をもたげる。なぜそこまでして、二藍は綾芽を助けてくれるのだ。

「知りたいか？」

と二藍は扇の向こうから、読めない瞳だけを綾芽に向けた。「だがわたしは庭内の不正を監視する弾正伊だからな。不用意に話せば、自分を罰さなくてはならなくなる」

「どういう意味だ」

「『朱野の邦は角崎の娘、綾芽は勇敢に九重媛に挑んだが、その火に焼かれて死んだ』」

「……は？」

「山の火に焼かれた綾芽の身体は、首しか残らなかった。その首を祐宮はすでに大君に届けている。大君と妃宮は、采女と認められる前にも拘らず果敢に戦った綾芽の死を悼まれて、里にたんまりと賞賜を恵むそうだ。きっと里の父も喜び涙するだろう」

わけのわからないことを言いだした二藍が、綾芽は急に怖くなった。

「なにを言っているんだ、わたしはここにいる」

「お前は綾芽ではない。女孺の梓だろう？　わたしが身の回りの雑務を手伝わせるため、佐智に探させた女だ。庶民の出ゆえ、通常は女丁から始めるところだが、信を置く佐智の推薦でもあるし、そもそも職務が職務だ。女孺として取り立てる。ありがたく思え」

意味がわからず、呆然と口を開いたり閉じたりしていた綾芽だが、やがてのろのろと手を組み、頭を下げた。仕組まれていたのだ、最初から。

「……ありがたい。誠心誠意努めさせていただく」

「よく言った。泣くな、悪いようにはしない」

「別に泣いていない」

「強情だな」

　と笑った二藍の声音は、少しだけ柔らかかった。綾芽にはなんの慰めにもならないが。

「いいか、上の御方は朱野の女を警戒している。もし綾芽が無事入庭にこぎ着けたとしても、常に監視され身動きはとれない。それでは綾芽の宿願は叶わないのではないか？」

「わたしのためと言いたいんだな。なるほどそうか、ありがたい――なんて信じられるか？　あなたは昨日のうちに全部仕込んでいた。わたしが朱眼大将軍の祭礼を見ていたときには、綾芽はもう死んでいたんだ。ならなぜわたしは縛された、今もなぜあなたに試された。今までの話はなんだったんだ！」

「すべて必要だった。朱眼大将軍の祭礼を乗り切るためには、お前を縛すが最善だったし、わたしに試され乗り越えられないようでは、梓として生きられない」

「そうかもしれないけれど」

　綾芽は悔しくて唇を嚙んだ。納得できない。二藍の腹の内が読めない。「そこまでしてわたしを斎庭に入れて、いったいなにをさせるつもりなんだ」

「わたしにできぬことをしてほしい」

「そんなものあるか。あなたにできないことを、わたしができるとは――」

「お前は里で、那緒はなにをしたと聞いた？」

二藍はいつも唐突だ。綾芽はむっと口を結んだが、やがて答えた。

「春宮の寵愛を受ける女御に嫉妬して、手に掛けた、と」

「では斎庭の誰もが知る話を教えてやろう。那緒はあろうことか、玉盤神の一柱、記神の来庭の直前に女御を殺したのだ。春宮は取り乱し、祭礼は乱れた。神、ことに玉盤神は定められた法からの逸脱を認めない。あの日、もう少しで兜坂は滅国するところだった」

「……なんだって？」

綾芽は愕然と立ちつくした。

滅国。

それがどれほど恐ろしいか知っている。文字通り、神の一声が国を滅ぼすのだ。

南紗の惨という逸話がある。

廻海の南に、南紗という王国があった。しかしその王が玉盤神の祭礼をしくじった夜、都は火に包まれ一夜にして灰燼に帰したという。神の処断はそれだけで終わらなかった。国中に疫病が蔓延し、作物は枯れ、水は干上がった。弱った国土はことごとく他国に荒らされ、最後には国も民も、土地の神もが滅した。跡形もなく。

そんな滅国を、那緒が招きかけた？

「嘘だ」

「嘘どころか、上の御方は疑っている。那緒は乱心したのではない。自らの意志か、裏で糸を引く者の命かは知らないが、滅国を招こうとした。そのために女御を殺したと――」

「そんなわけあるか！」

「口を慎め梓。言っただろう」

考えるよりも先に、綾芽は叫んでいた。

「これだけは言わせてくれ。ありえない。それだけはない。そうだろう？」

信じられない。嫉妬による乱心までなら、ないとはいえないかもしれない。でもあの那緒が、朱之宮になると誓っていた那緒が、国を滅ぼす行いに走るわけがない。それが自らの意志だろうと、誰かの命だろうと。

「あなただって、あの子がそんな子じゃないと知っているはずだ。那緒は祐宮に目を掛けられていたと聞く。なのにあなたも那緒を疑うのか？」

「……わからない」

「え」

「わたしにも、わからないのだ」

二藍は綾芽に背を向け、ぽつりと呟いた。

——ああ、そうか。

そのとき綾芽は初めて、二藍という男の心の一端を摑んだ気がした。

「……あなたも那緒の友だったのだな、二藍さま」

「さあ、どうだかな」

去りゆく男は、もうなにも口にしなかった。

＊

庭獄を出たところで、二藍は息を深く吸っては吐いた。頭痛がひどい。心術を使った日はいつもそうだ。

でも怖いのは痛みより、冷ややかな別の自分を色濃く感じることだった。数歩後ろでうすら笑いを浮かべている気がする。今のお前こそが影で、こちらが本物だと笑っている。

何度も深呼吸を繰り返す。夏のうだる暑さも、この岩屋の陰ではそうでもない。ひやりと薫(かお)った草の匂いを長く吸い込むと、幾分頭の痛みも心も落ち着いた。

——大丈夫、わたしはまだわたしだ。少なくとも今は。

牛車に乗り込み、門を出た。牛飼童(うしかいわらわ)の一人に、佐智の妻館(つまだて)へ文使いを言いつける。『川(かわ)

蟬』と符牒をしたためた。言いつけ通り、綾芽を連れていって面倒を見るように。走り出すのを見届けて、袍の掛緒を外してくつろげさせる。ようやくふうと息をつく。

佐智は嬪であり、弾正台の女官でもある。庶民に交じって育った没落豪族の娘ゆえ、嬪としての顔と女丁の顔を使い分け、陰に日向に二藍の職務を支える賢い女だ。きっと綾芽に、身を偽る辛さと楽しさを教えてくれる。友になるかもしれない。

そこまで考えてふと、庭獄での綾芽の言葉を思い出した。

（わたしが那緒の友だった、か）

そんなものではない、と二藍は苦く笑った。少なくとも二藍にとって、那緒は友と呼べるものではなかった。

朱野の邦からやってきた、潑剌とした少女。春宮の妃宮になるつもりだと聞いたときは、随分と野心家だと思って呆れた。斎庭では才を問われるとはいえ、妃の座に上がるほとんどは都のある匣の邦出身だ。一族に流れ伝えられるものに、才だけで勝つのは難しい。

しかし那緒は、二藍が思った以上に食らいついた。はっきりした物言いで、他の花将や女官と衝突を起こす。そのたびに二藍は仲裁に追われ苛立たされたが、他の名も覚えられない女官に比べれば、はるかにましだと内心では思っていた。

斎庭に必要なのは、斎庭を揺るがす者。かつての鮎名だって、そうやって上り詰めた。

もしかしたら、とすら思った。本当にこの娘は、朱之宮の血を引いているかもしれない。

——珍しいこともあるのですね。二藍さまがそんなふうに仰ってくださるなんて。

祭礼をことなく終えたとき、ふと褒めてやったらそう冗談めかして返された。

「もちろん世辞だが」と言えば、大してがっかりしたふうでもない。

「いいのです。わたし、自分より朱之宮の血に相応しい子、知っていますから」

「……誰だ」

驚いて、思わず問いただした。この自信家の娘が、さらりとそんなことを言うとは思っていなかった。やだ、と那緒は笑いだす。

「朱之宮の血を引く者が生まれるなんて迷信も甚だしいって、いつもお笑いになるのに。それに、今斎庭にいる子ではないのです」

「里の者か?」

「そんなところです。わたしの友なんです」

「友……」

「わたし、この性格でしょう。人とぶつかるし、嫌われるし。でもあの子は、ちゃんといいところを見てくれた。だからわたし、あの子になら負けてもいいかなって思うんです」

「なんだ、才云々でなく、お前が負けてもいいかどうかの話だったか」

真面目に訊いて損をしたという気分と、この娘も徐々に現実を知り、望みを諦めつつあるのかという寂しさが心でない交ぜとなった。那緒は、自分に妃宮に上り詰めるほどの才がないと気づきかけているのだ。

いつもそうだ。そうやってみな下りていく。心術を使う二藍に、ほとんどの者は口と心を閉ざす。わずかに残った者も、気づけば誰も隣にいない。一人残される。

苛立ちと寂しさに浸(ひた)っていると、那緒は二藍を上目がちに見てにっこりとした。

「二藍さま、心配はいりません。わたし、いつか絶対あの子を呼びます。きっとあの子なら、二藍さまの友になれるはずです。だから、もう少しだけ待っていてくださいね」

急になにを言いだすのかと驚き呆れたのも、随分昔になってしまった。

牛車が揺れる。

泣いていたな、と二藍は思った。

那緒の友は——綾芽は、泣いていた。

さすがに良心の呵責(かしゃく)を感じる自分に少し安堵する。誰だって、あんな形でいきなり自分の死を告げられたら泣くだろう。かわいそうに。

でも二藍の心は決まっている。綾芽こそ那緒の友だとすぐに気づいた。だから斎庭に入れようと手を回した。思いも寄らない九重媛の訪れに喜んだ。これが最善だ。綾芽にとっても、己にとっても。

　自分がずるい男だと知っている。この娘をなにがなんでも利用すると心に決めた。綾芽の意志を、那緒への思いを利用して事を為す。

「友、か」

　それがなんなのか。二藍にはわからない。信じて心を吐き出せる人か。吐き出した心を信じてくれる人か。

　どちらにせよ、そう呼び合う者とはもう出会えない。

　それでいい。


「なんと、死んでしまったのか。それはもったいない、ぜひ会いたかった」

　心から惜しむ声が、鶏冠宮の木雪殿に響いた。

　鶏冠宮は大君の居所である。政務を司る外庭と、祭礼を司る斎庭を跨ぐように位置し、どちらにも門が開かれている。木雪殿はそのうち斎庭側に並ぶ殿舎の一つだが、大君に斎庭の子細を奏上するときに使われる山燕殿とは違い、ごく一部の者しか足を踏み入れることが許されない。つまりは、斎庭の大凡が決まる場であった。

「荒れ神を鎮めるとは、相当の神祇の才があったのかもしれぬなあ。惜しいことをした」

九重媛が、祭礼最後の一番を朱野の邦の采女に挑んだ。采女は、九重媛が望んだ通りに九重媛を降した——つまりは神を鎮めたが、自らの命も失った。

二藍が一通りの話を繰り返すと、大君の御簾のすぐそばに座した男はしきりに残念がった。神祇副（じんぎのふく）の副宮（ふくのみや）——通称石黄（せきおう）である。一花（ひとはな）の妃宮に次ぐ地位を持つ、二藍や大君の伯父（おじ）。斎庭で神祇官を務める王族だから、つまりは二藍と同じ神ゆらぎでもあった。二藍よりも人に近く、心術は使えない。そのせいか、斎庭にあってもどこか鷹揚（おうよう）としている。それが二藍にはうらやましかった。

石黄はここ数日、広大な禁苑に点在する磐座（いわくら）を見回るために斎庭を出ていた。その帰りを待って、九重媛の顚末が改めて話されている。

「偶然だとは思いますがね」

と二藍は冷ややかに相づちを打った。「九重媛は最初から負ける気でいらっしゃったし、桃を投げろと命じたのはわたしですし。そもそも死んだ時点で、才などなかったのでは」

「冷たいものだ。目の前で死んだ娘だというのに」

鮎名が嘆息（たんそく）する。はっきり言わないが、疑われているのはわかった。鮎名は、二藍が罰則すれすれの手を使って綾芽を入庭させようとしていたのを知っている。掌（てのひら）を返したような物言いを訝（いぶか）っている。

「いつまでも律令に反して朱野の邦の采女を入れないのもどうかと思いましてね。これを機に戻そうと思っていたんですが、死んでしまったら意味もない。まあ、怯えるばかりで、采女としての使い処もない娘でしたし、未練はありませんよ」

二藍はすまして答えた。このくらいどうってことはない。慣れている。

「でも驚きました。九重媛、まだ来庭二日目でしたでしょう。夕膳の儀を前にして拝殿をお出になり、よりによって一番離れた楼門で、本来三日目に行われるはずの最後の一番をお命じになるなんて」

そう口を開いたのは、尚侍の常子だった。外庭と斎庭の主に近侍し、その言葉を伝えるのが職務の内侍司の長である。尚侍は外庭と斎庭に一人ずついる。常子は斎庭の尚侍で、年配で穏やかな外庭の尚侍と対のようだと評されていた。若く、職務に忠実だ。

「神が祭礼の型を崩すとは、よほどのこと。なにか粗相があったのでは」

「荒れ神には、型破りはよくあるものだよ。普通でないから荒れ神なのだ」

「でもわたしが桃危宮を離れるまでは、九重媛は拝殿にいらっしゃいましたが。その後、出ていかれたとすると、なにか祭祀にご不満があったのではないでしょうか」

やんわりと執り成した石黄をものともせず、ちらり、と鮎名に目を向け常子は続けた。

かたや下級官僚の家出身で、大君の一存で妃宮に取り立てられた鮎名。かたや大納言家の姫で夫子もあり、産後に再出仕するや直叙されて高位女官となった常子。一見水と油だが、互いに補い合う良き同僚だった。二年前の事件までは。

「此度は無事、荒れ神は鎮まられた。でもまた同じことになればどういたします。妃宮はお疲れなのかもしれません。一度お休みになったら――」

「そのくらいにしておけ、尚侍」

熱が入る常子を制したのは、大君だった。「此度、妃宮は充分よく神をもてなした。妃宮のもてなしがあればこそ、九重媛は最後の一番を負ける気になってくださったのだ」

「仰せの通りです。ですが……」

「鮎名を妃宮に任じたのはわたしだ。鮎名を疑うとは、わたしを疑うことと知れ」

常子は、はっと口を噤み頭を垂れた。

思わず二藍は、御簾越しに石黄と視線を交わした。大君がこうはっきりと鮎名を庇うのは久しぶりだ。鮎名もさすがに戸惑っている。

もしや大君は、妃宮を疑うのをやめたのか、と二藍は思った。だとすれば――。

しかし大君は冷ややかな声で続けた。

「とにかく多くの者の力で九重媛は鎮まられた。ありがたいことだ。ただ二藍、わたしは再び朱野の邦から采女を得るのは許さない」ちらと鮎名の方へ目を向ける。「また誰ぞが、よからぬ策を弄するかもしれぬ」

「それはわたしに当てつけていらっしゃるのですか、大君」

　刺すような物言いに、鮎名は語気を強めた。

「お前とは一言も言っていないが」

「いいえ、ずっとお疑いでしょう。わたしが那緒をけしかけて、春宮の女御を殺させたと。それればかりか春宮を、あんなお姿に追い込んだと」

「わたしもお前を疑いたくはない。大君として、妃宮を疑うほど惨めなことはない」

「ではお考え直しくださいませ。子のないわたしが、春宮を廃そうとするわけがない。そもそも妃宮であるわたしが、危うく滅国の轍を踏むとお思いですか？」

「春宮はお前を厭うていた。それがすべてだ」

「落ち着かれませ、お二方」

　鮎名がなにか言う前に、二藍は割って入った。「那緒は確かに女御を殺し、春宮を追いつめ滅国を招きかけた。しかしそこに深慮や企みがあったと思うのが間違いです。あの娘はたかが朱野の邦の采女。後先考えず女御を手に掛けたに過ぎない」

「短慮の末の凶行であったと言いたいわけか」

「ええ、そうです兄君。みなさまも、ありもしない陰謀に振り回されますな。我々はそんな疑いに気をとられている場合ではない」

「なぜありもしないと言い切れるのでしょう」

　ひっくり返すように常子が口を挟む。「そう仰るあなたさま――祐宮こそ、那緒を操っていたかもしれないのに。春宮が身罷られれば、立坊の目があるではないですか」

　二藍は、頭の中がかっと熱くなったのを感じた。抑えきれず、まともに言い返す。

「馬鹿を言うな。わたしは神ゆらぎだ。子を生せない、祭礼の主にもなれない」

　しかし常子は、あくまで冷静だった。

「女が死ぬ前に神ゆらぎの子を産んだ例はあります。祭礼とて花将に任せればいい。わたしが言いたいのは、疑いなどいくらでもあるということです。もちろんわたしとて、妃宮に疑いをかけて追い落とそうとしているとでも、なんとでも言える。そのような自らの利を求めて国を傾けている者がいるかもしれないのに、無いものとしてみすみす見逃してよいものでしょうか」

　常子の言はもっともで、二藍のみならず、誰もが黙ってしまった。この二年、木雪殿はこうやって疑念を深めて堂々巡りをしている。

　やがて石黄が、なだめるように口を開いた。

「まあ、落ち着こうではないか。次の記神の訪れまで三月を切ってしまった。疑いは隅に留めつつ、我ら力合わせて、どう乗り切るかを考える時期ではないのかね」

　なぜなら――。

「このままでは、この国は滅してしまうのだから」

　誰もの心に、石黄の声が重くのしかかる。夏だというのに、木雪殿は凍ったように静まりかえった。

　散会ののち、二藍は一人、春宮の在所である尾長宮（びちょうぐう）へ向かった。かつて斎庭一華やかと称されたそこは、二年前のあの日から静まりかえっている。一人渡殿をゆき、北の対（たい）を仕切る壁代（かべしろ）の前で立ち止まった。

　奥には春宮・維磐（これいわ）が横たわっている。腹の上で、記神が与えた春宮の印、碧玉（へきぎょく）を握りしめていた。胸が規則正しく上下する。まるで眠っているようだ。

　――首から上を、死人のように白い布に覆われた他は。

　二藍は空が白むまで、射るように見つめていた。

第二章　女孺は斎庭を識る

――ここは、どこだ。

気づけば綾芽は、見知らぬ御殿に立っていた。うろたえて見回し、息を呑む。御簾の向こうは朱に染まっていた。座り込み、笑みを浮かべる女がいる。

那緒だった。

――春宮がわたしを選ばないのが悪いの。こんなに尽くして才もあるわたしを、選ばないあの方が悪いの。

何度も呟きながら、広がる赤から女の首を持ち上げる。やめるんだ、と綾芽は叫びたかった。でも言葉にならない。止められない。

那緒は綾芽に気づかぬまま、首に優しく語りかける。

――かわいそうな一の雛、悪いのは春宮なのに。そういえば春宮はどこかしら。そうだった、今日は祭礼の日ね。ほら、ここにあの方が捧げる供物の筥が並んでいるでしょう。

翡翠に珊瑚、綾織物。それから——首。

那緒が空の筥にそっと首を置く。

綾芽の背は冷えた。那緒は、供物に首を紛れ込ませる気なのだ。

——春宮、祭礼の最中にかわいい首を見つけたらどうなるでしょうね。泣くかしら、取り乱すかしら。もしかしたら、滅国を招いてしまうかもしれない。

それでもいいの、と那緒は蓋を閉める。ゆっくりと綾芽の方を向いた。

「だってわたし、国もあなたも、どうでもいいのだもの。綾芽……」

小さな声を上げ、綾芽は飛び起きた。

とっさに周囲を見渡すと、月の光がわずかに差し込む、狭い板間が目に入る。隅には手筥がひとつふたつ。それに色あせた几帳。

いつも通りの綾芽の室だ。几帳の向こうには同室の娘、由羅が眠っている。眠い目を擦って、「どうしたんです?」と尋ねてきた。

「いや……夢を見た、みたいだ」

顔の筋を延ばすように何度も拭い、ようやく呟いた。

そう、夢だ。ただの夢。

女官の一日は夜明け前に始まる。目覚めは最悪だったが、綾芽は気を取り直し、妻館に出仕する由羅と別れて室を出た。しかし幾ばくもいかないうちに、下位の女孺らに「ほら見て」とこそこそと指差されているのに気づいた。

「あれが新しい神祇祐の愛人ですって」

「まあ。じゃあそのうち、神気に当てられて死ぬかしら」

笑い声を漏らす女孺たちと、綾芽は衣の裾を直しているふりをしてすれ違った。

近頃宿舎の周りで、耳を塞いでも聞こえてくる声。嫉妬かなにか知らないが、誰かが根も葉もない噂を流しているのだ。でも綾芽は気にしないようにしていた。この類の陰口なんて慣れているし、そもそも噂の中身はひとつも事実でない。

（それに今朝は、夢の中の那緒に言われた言葉の方がはるかに辛い）

見知らぬ女のように笑う那緒を思い出し、口に苦いものがこみあげた。

「あたしがあんな話をしたからだな。悪いことしたよ」

日が昇った頃、佐智の妻館に寄ったので夢の話をしてみると、高欄に寄りかかった佐智はそう眉を寄せた。

そのとき綾芽は、招方殿へ向かう道すがらだった。壱師門から賢木大路を少し行った、後宮司の官衙が立ち並ぶ一角にある招方殿は、来庭する神の名を掲げる御殿である。梓という名で、二藍づきの女嬬として入庭した綾芽も、毎日招方殿に神名を記した巻子をとりに行っている。そのついでに、言づてを届けに佐智の妻館に寄ったのだった。

今日の佐智は嬪の装いをしていた。文様が織り出された藍色の表衣を打ち掛け、髪も一部を宝髻に結い留めている。ついさきほどまで神をもてなしていたそうで、神を送るやすぐに花将らの集まる朝議をこなし、これからようやく休むのだという。

大あくびを隠さないのに、だからこそだろうか、綾芽の目覚めの悪さを気にする様子に、

「佐智のせいじゃないよ」と綾芽は笑った。

「だったらいいんだけどさ。寝不足はきついからな。あたしの歳にもなると余計に」

「なにを言ってるんだか、佐智だってまだ若いだろう」

全然、と佐智は大袈裟に肩を揉んでみせる。綾芽は苦笑した。

とはいえ、佐智が教えてくれた斎庭の噂が、そのまま悪夢として現れたのは確かだった。

那緒が死んだ日はちょうど、記神なる玉盤神の一柱が来庭する日だった。那緒は、嫉妬のあまりに殺した寵妃の首を、あろうことか、その記神の祭礼で春宮が捧げる供物の中に紛れ込ませたという。祭礼中に気づいた春宮は取り乱し、記神は滅国を宣言する寸前までいった――というのが、佐智はじめ、多くの後宮の者が知る話だ。

でも綾芽は今、改めて確信していた。那緒が邪念に駆られて人を殺し、国までも巻き込

むとは考えられない。血濡れた那緒は本物じゃない。

　とにかくもっと情報を得なければならない。佐智は綾芽の入庭の理由までは知らないから、疑われない範囲で聞き出さなくては。

「あのさ、春宮は結局どう思われてるんだ？」

「どう？」

「その、那緒という娘が嫉妬で寵妃を殺したんだとしたら、春宮にはいろいろ思うところがありそうだけど」

「うーん、それがわからないんだよな」

と佐智は首を捻った。「なんでかっていうと、そのあと誰も、春宮の姿を見ていないんだ。春宮は在所の尾長宮に引き籠もってしまわれたからな」

「え、そうなのか？　二年の間ずっと？」

「そう。その間誰も、尾長宮の外でお姿を見ていない。大変な衝撃を受けて臥してしまわれたとか、大怪我をされたとか言われてるけど、女官の誰も、確かな話は知らない」

　そんなことってあるだろうかと綾芽は眉を寄せた。春宮が引き籠もってしまえば、斎庭だけならず、外庭の貴族たちが騒ぎだすだろうに。

「……実はお亡くなりになってるとか」

「それはないな。もし春宮が死んだら、すみやかに碧玉(へきぎょく)を次の春宮に渡さなきゃならない。そうしないと、それこそ記神の怒りを買って滅国さ」

記神は、各国の王と春宮の名を神書に記すための神である。記神が王と認めるのは白璧(はくへき)を持つ者、春宮と認めるのは碧玉を持つ者だ。それは絶対の定めであり、違(たが)えることは許されなかった。もし王や春宮が身罷(みまか)れば、すみやかに記神を招き、新たな玉石(ぎょくせき)の主(あるじ)を奏上(そうじょう)しなければならない。怠(おこた)れば即、滅国が宣言される。

「玉盤の神は心が狭くて短気なんだよ。だから春宮が死んでるわけない」

「ではなにか、人前にお出にならない理由があるのだろうか」

「だとみんな思ってるけどねえ。ただ」

「……ただ?」

「外庭の貴族が訝(いぶか)って、何人も尾長宮に行くんだけど、帰ってくるとみんな揃ってこう言うんだよ、『春宮は大変壮健であられた』って」

「それは奇妙だな」

壮健ならば、尾長宮に籠もる理由もない。みながみな同じく答えるのも違和感がある。

「だろ? あたしも変だなって思うんだけど、上の御方の秘密なのか、そのあたりは全然なにが起きてるかわかんないんだよな」

「二藍さまの右腕の佐智にもわからないのか……」

　綾芽は少しがっかりした。二藍の、弾正伊としての裏の仕事にも従事する佐智ならば、綾芽が知らない事実も知っていそうだと思ったのだが。

「やめてくれよ、こき使われてるだけさ。あたしはあの人の右腕なんてごめんだね」

　と笑い飛ばしたあと、佐智は意外そうに続けた。「むしろ、二藍さまに訊けばいいのに。あんたになら教えてくれそうだよ。あんたのこと、すごく気に入ってるだろ？」

「まさか」

「え、気に入ってるから、名を変えてまで近くに置いたんだと思ったんだけど」

「全然違う」

　と綾芽は苦い気分を抑えて首を振った。

　梓として、二藍づきの女官になってしばらく経つ。しかし二藍とは顔を合わせる日の方が珍しかった。二藍は、綾芽を純粋に、身の回りの雑用をさせる女嬬として扱っている。だから日々こうやって雑用をこなしながら、ちまちまと情報を集めるしかない。

「なんだ、弱みにつけ込んで、ていよく働かせようとしているだけか。いつも通りか。ずるい男だなほんと」

　ぼやく佐智に、綾芽は笑った。佐智はそうやって連れてこられたに違いない。

（あの人は、わたしもていよく利用して、真実を探らせるつもりだろうか）

むしろ、それならましと思ってしまう。少なくとも目的は一致しているのだから。

那緒になにがあったのか。弾正伊の二藍は誰よりよく知っているはずだ。でも言わない。歯がゆかった。二藍の真意はなんなのだろう。上に隠し事をしてまで綾芽の入庭を手助けした理由がわからない。真実を知りたいなんて、綾芽を納得させるための方便だったのかもしれない。あのとき一度掴めた気がした二藍の心は、すぐに靄の奥に消えてしまった。

別にそれでも構わない。もとより二藍を完全に信頼しているわけではない。入庭までにいろいろありすぎたし、二藍がどう考えようと、綾芽は自分のやるべきことをやるだけだ。

でも。

あの男を信じたいと思っている自分を、綾芽はどうしても否定できなかった。

佐智におやすみを言って別れ、綾芽は招方殿に向かった。

朱色の柱が立ち並び、甍が連なる堂々たる土間床の建物は、すでに多くの女官や嬪でごった返している。みな、壁一面に掲げられた額を見上げていた。額のうちには、斎庭がもてなす神――蕃神や怨霊含め、天地山海遍く四千座の名が彫られている。当初、あまりの神の多さに驚いた綾芽だったが、これでも玉盤神に招神の数を狭められてから、かなり減ったのだという。

額は神名帳と呼ばれていた。神位の上下に沿って、神の名が整然と彫られている。額の下には小さな棚が拵えてあって、近日中に訪れる神名の下に、もてなす花将の名を記した木簡が置いてあった。木簡は割符にもなっていて、担当の花将はそれを携え膳司や縫司を訪れ、祭礼に必要な物品を発注するのだそうだ。

綾芽が取りに訪れたのは、二藍が招神の予定や進捗を確認するための巻子であった。内侍司の女官からそれを受け取ると、二藍の館に向かうべく斎庭を北に上った。

牛車が優に五つはすれ違える大路には、多くの女官や官人の姿がある。しかし後宮司の官衙群から離れた辺りで東に折れると、たちまち人気はなくなった。代わりに、斎庭の北東を呑みこむ禁苑から薫る、緑の匂いがぐっと濃くなる。空は秋晴れで、広大な禁苑に広がる膳葉の森や、彼方にそびえる匳の山々の、人を寄せつけない険しい岩肌がくっきりと見えた。

視線を戻せば、禁苑を借景に、路の左右に植えられた炎樹がのんびりした影を地に落としている。青みがかった蜻蛉がふたつみつ、連れだって飛び去った。さわやかな陽気だ。

しかし綾芽は景色そっちのけで、これからのことばかり考えていた。

（春宮の尾長宮に、なんとか忍び込めないだろうか）

今日の夢に出てきた那緒も尾長宮にいた。あれは単なる夢だが、確かに春宮は、那緒の死の謎を解く鍵になる気がする。いくらなんでも、二年も人前に出てこないのはおかしい。それに、怪しんで訪ねていった貴族が揃って「壮健だった」と言うのも気味が悪かった。

(まるで神命にやられてしまったみたいじゃないか?)

神が下すとされる神命。それは絶対だ。人は逆らえないどころか、逆らうつもりの心まで変えられる。みなが「壮健だった」と言うなんて、どこぞの神に神命を下されて、心が変わってしまったようだった。

考えながら歩いていると、ふいに人にぶつかった。驚き顔を上げれば、綾芽より頭一つ大きい、官人の男であった。生真面目というか、どことなく気の弱そうな顔をしている。

綾芽は瞬く間に青くなった。もしや神かもしれない。弾正台の女官が教えてくれた。数日滞在する神は、昼に斎庭をふらつくときがある。ふいに遭わぬよう注意しろ、と。

でもすぐに、石帯に孤が下がっているのに気づいてほっとした。孤を持っているなら、普通の官人に違いない。弾正台の女官に教わった通りの作法で頭を下げる。

「申し訳ありません、つい考え事をしておりまして」

「いいですよ」

と男はにっこりとした。「仕事の次第を考えていたんでしょう? 真面目な女官なのは、見ればわかりますよ。わたしも同じ、真面目しか取り柄がない男ですから」

「ありがたいお言葉です」

尾長宮に忍び込む、なんて物騒なことを考えていた綾芽は、少々後ろめたかった。

しかし一つ気になる。さっきから妙に辺りが酒臭い。酒司の近くでもないし、周りには他に人もいないのに――と思ったときだった。

ふいに男が顔を近づけて、生ぬるい息を正面から吐きかけた。たちまち朴訥とした官人から饐えた酒の匂いが吹きつけてきて、綾芽は危うく戻しそうになった。

あれ、と男は目を細める。

「どうしました？　まさか酒臭いとでも？　わたしが酔っているとでも？」

綾芽は口を押さえかけた手を誤魔化し、なんとか意志をかき集めて笑みをつくる。

「とんでもない」

「またまた。本当は酔っていると思ったでしょう？　みっともないと。官人の風上にも置けぬと」

「思ってません」

「本当ですか？　今にも顔を背けそうじゃあないですか。酔っている、と言いなさい」

はあ、と息を吹きかけられる。なんとしてでも言わせたいのだ。負けじと耐えて見返した。酔っていると答えたらとんでもないことになる。そのくらい、綾芽にもわかる。

しばらくにらみ合いが続いたが、「ほう」と男は陶然としたように顔を引いた。まじまじと綾芽を見やると、再び顔を近づけ、耳に囁く。

「五年ぶりに出てきたら、なんだか面白いことになってますね。とりあえずあなたを殺してみたら、あの子のよい顔が見られると思ったけれど、今日はやめておきましょうかね。もっと面白くなるかもしれませんし」

（殺す？　あの子？）

綾芽が言葉を失っていると、男はにっこりと笏を構えてお辞儀をした。

「またお会いしましょうね、梓。わたしに遭ったことは誰にも言えないですよ。叱られるのはいやでしょう？　それでも言えたら、あなたは文句なく朱之宮の血筋だ。まあ、今は無理だと思いますがね」

瞬き一つの間に、男の姿はさっぱり消えていた。消えてから、綾芽は初めて気がついた。男の瞳は血のような赤だった。

二藍の居館につくと、珍しく館の主は在館していた。庭を望む簀子縁に円座を持ち出し、巻子を広げている。袍を着流しているところを見るに、しばらくはゆっくり過ごすようだ。

綾芽はこれ幸いと近づいた。さきほどの怪しい男の話をしなければならないし、この機会に、もう一度よく話してみたかった。春宮の謎を教えてもらえるなら、それに越したことはないのだ。

二藍の居館は、夫人（ぶにん）の妻館群である山菅司（やますげのつかさ）の先、斎庭の東端にある。王弟なのだからさぞ贅（ぜい）を尽くした御殿かと思いきや、こぢんまりとしていた。出入りする者も少なく、綾芽を除けば通いの女丁（はしため）と豎子（こども）が数人、あとは住み込みの老夫婦しかいない。唯一（ゆいいつ）、庭は美しく造り込まれている。だがそれも、立派な池に船を浮かべる当世風ではなく、苔（こけ）むす地面に岩と紅葉がちりばめられた地味なもので、綾芽は少し意外に思っていた。

その庭を前に座っていた二藍は、綾芽を見るや感嘆（かんたん）めいた息を吐いた。

「その衣、仕立ててもらっていたものか。なかなか美しいな」

綾芽が官服にしている衣を褒（ほ）めているらしい。

「そうなのです」

と綾芽は少しだけ頬（ほお）をほころばせた。「仕立てが良くて。二藍さまが良い縫女（ぬいめ）に頼んでくださったお蔭です」

高位の花将は殿上で過ごすため、今様（いまよう）に衣を幾重（いくえ）にも重ねて引きずっているが、綾芽を含めた女官の多くは表衣（うわぎ）を纏（まと）い、切り袴（ばかま）の裾をからげて沓（くつ）を履（は）く。表衣の仕様はとくに決まっておらず、多くは禄（ろく）に応じた仕立てのものを着ていた。

綾芽は二藍の女嬬なので、表衣も二藍が縫司に命じて用意させたものだ。地味だが仕立ては抜群に美しい。綾芽には衣を愛でる余裕もつもりもなかったが、その心遣いには感謝していた。

しかし、「そうではない」と二藍はおかしそうに扇を振った。

「わたしは似合っていると言ったのだ」

たちまち綾芽はどうしていいかわからなくなった。この類の褒め言葉を、今まで言われたことがないのだ。そもそも二藍は斎庭で生きてきた男だから、褒め言葉ですらないかもしれない。

そんな逡巡すらわかりきっているのか、二藍は脇息に肘をつき笑いを漏らした。

「いや困ったな。言葉遣いといい、貴人に対する畏まった態度といい、しばらく会わぬ間に随分垢抜けた。どちらが良いとは言わないが」

綾芽はますます慣れない気分になる。確かに入庭当時は化粧も装束も流行遅れだった。別人に見えると佐智にも言われた。この間膳司で鉢合わせた須佐にも、まったく正体を気づかれなかったくらいだ。でもこう笑われると、面映ゆいような、複雑なような。

――いや、わたしのことなどどうでもいいんだ。

綾芽は流れを切るべく膝をついた。まずは怪しい男の話をしなければ。

「二藍さま、実はお話があるのです。さきほど……」

孤をつけていたが、あれは人ではないだろう。神か、怨霊か。どちらにせよ、あんまりよいものには見えない。

「なんだ？」

しかしなぜか、どうしても口に出せなかった。

「いえ……その、あの……なんでもありません」

言えない、と告げた男の言葉が石となり、喉に詰まって声が出ない。強引に破ろうとしても、いけない、いけない、と心の中で自分の声がする。

——言ってはいけない。そう命じられたのだから。

これが神命か、と綾芽は悟った。あの男は綾芽に神命を使ったのだ。だから声が出ない。言えないようにされている。流される。心が変えられる。

なんとか抵抗したかった。でも糸がぷつりと切れるように、綾芽は抵抗していたことすら忘れてしまった。そうだった。言ってはならない。黙っていなければ。

「なんだ、秘密でもあるのか？　傷つくな」

二藍に冗談めかして当てこすられ、綾芽は少々むっとした。

「ありません。二藍さまこそ、なにも教えてくださらないではないですか」

「当然だ。なにも訊かれないからな」

二藍はぱらりと扇を開く。綾芽は啞然とした。しかし反発しても仕方ない。逆手にとるつもりで尋ねる。

「それではお尋ねしますが――」

「気に入らないな」

「……なにがでしょう」

「その口調が気に入らない。もっと気安く話さねば、わたしはなにも喋らんぞ」

唐突な言い草に、綾芽は呆れた。

「……できません。丁寧に話せと言ったのはあなたさまでしょう」

「わたしにそうしろと言ったんじゃない。他の面倒な御方に目を付けられないよう忠告しただけだ。佐智を見ろ。気安いどころか、わたしを『あんた』呼ばわりだ」

「それは佐智だからできるのです」

「違う。わたしの性格なのだ。近しく信を置く臣下に畏まられると、かえって馬鹿にされているように感じる」

「難儀なのですね……難儀なのだな」

綾芽は諦めて言い直した。信を置くと言われたのは少し嬉しかったが、顔に出さないようにする。いいように動かそうとしているだけかもしれない。

「それでいい」

と二藍は微笑んだ。「それで？　なにが訊きたいのだ。言っておくが、話せることは話したからな。佐智から訊き出そうとするのを見逃しているだけでありがたいと思え」

やっぱりなにも教えてくれない。少々落胆したのは事実だが、わかってもいたから綾芽は淡々と返した。

「あなたに頼るつもりはないので大丈夫だ。ただ、目を瞑っていてくれれば」

「構わないが、尾長宮に忍び込むのはやめておいたほうがいい」

綾芽は思わず二藍を見た。

「……なぜそれを」

「図星だったか？」と二藍は薄く笑っている。

「意味がわからない。なぜわかったんだ」

「少し考えれば簡単だ。入庭したはいいものの、手がかりもなく、伝手もないお前が考えるならそのくらいだろう。わたしから聞き出すのが無理なら、あの日に深く関わり、今消息の摑めない男がなにかを握っていると考える。忍び込もうとする」

「わたしは単純で、浅はかだと言いたいんだな」

「いや。お前がそれなりに賢く、意志が固いならそうすると予想したのだ。……さすがはあの娘が、友と呼ぶだけあるな」

綾芽は口を引き結んで、二藍を正面から見つめた。苦しさ、疑問、いろんなものが膨れあがって飛びだそうとするのを、なんとか留めている。でも二藍はいつも通り、それとなく綾芽から目を逸らして軽く笑った。

「お前が言いたいことはわかっている。だがわたしをもう少し信頼するといい。わたしがあの娘の顛末に疑問を抱いているのも、裏に人がいるのではと疑っているのも本当だ」

「ならばなぜなにも教えてくださらない」

「今は動けない。そのときではない」

「話くらいならできるだろう。あなたこそわたしをもっと信じてくれ。あなたが動けないならわたしが探る。結果、志半ばで死んでも構わない」

二藍の扇を持つ手がぴたりと止まる。見くびられている。はっきりと綾芽は付け加えた。

「そのときは、あなたが代わりにあの子の仇をとってくれる。信頼とはそういうものだ」

二藍はなにか言おうとした。その横顔にさまざまな感情が浮かんだ気がしたが、それがなんだか判断できるほど、綾芽はまだ二藍を知らなかった。

軽く息をつき、結局二藍は傍らの文台に手を伸ばした。

「急くな。まずはお前は、女嬬としてきちんと生きるべきだ」

「必要ない。なんのために斎庭に来たと思っているんだ」

「そうやって、友のためと言い訳して自分を蔑ろにする者には、なにも教えられぬな」

二藍は料紙をとって日に透かし、醒めた調子で言った。思ってもみない言葉に、綾芽の表情は硬くなる。

「蔑ろになんてしてない」

「死んでも構わぬなんて簡単に吐く口が、なにを言い張る」

「それであの子の汚名を雪げるなら本望だ。そのつもりでやってきた」

「伝わらぬか。まあいい。ならばこうしよう。女嬬として立派に働いて、少しは信頼とやらを勝ち取ってみせろ。そうすればわたしの気も変わるやも知れぬ。そろそろ斎庭にも馴染んだだろう」

もう譲歩は望めない雰囲気だった。それに、これ以上心中に刃を差し込まれるのも恐ろしく、綾芽は渋々提案を呑んだ。

「それであなたが気を変えてくださるなら、いくらでも」

「では、まずは文でも代筆してもらおうか」

二藍は片膝を立て、傍らの料紙を目で示した。綾芽は、肩辺りから生まれた熱が、あっという間に頭の先まで上っていくのを感じた。

「どうした」

「わたしは……」

「なんだ、書きたくないのか？」

「書けないんだ。文字は書けない。読むのも、簡単なものしか無理だ」

料紙を渡そうとしていた二藍の手が宙を彷徨う。結局脇息の上に戻った。

思いも寄らなかったのだ、そう気づいて息ができなくなった。女官はほとんどが郡領や貴族の娘。没落豪族出身の佐智だって流麗な文字を書く。読めない女官などいない。

「……今日は弾正台を手伝うように。木簡を削る者がほしいと弾正弼が言っていた」

言うや二藍は立ち上がる。綾芽は肩を落として、わかったと答えるしかなかった。

あまりに惨めで、悔しくて、涙が溢れそうになる。好きでそうなったわけじゃないのに。でも二藍の姿が消えるまで、綾芽は両手を握りしめ、歯を食いしばって耐えた。

ここで泣いたらもっと惨めになってしまう。それだけは絶対に嫌だった。

木簡削りと庭獄の掃除で一日は過ぎた。神の入庭の刻を前に館に戻ったが、館の主は外庭へ出かけていて留守だった。台盤所で夕餉の支度を手伝い、宵闇の中、後宮司の端にある女官町へ戻る。いつも以上に疲れている。早く休みたかった。

　東西の女官町には、女官のための宿舎があった。祭礼を支える才ある女はいつでも必要だ。それで斎庭は女官の婚姻を奨励している。花将から女官へ配置換えされて働き続ける女すら珍しくない。それで家族がある女官は、外から斎庭に通っていた。

　残りが住むのが女官町だった。妻館全体を支える後宮司の女官は西に住み、個々の妻館に仕える女官は妻館に住み込むか、東女官町に室を与えられる。花将に必要とされれば妻館に居を与えられるから、東の女官町に住んでいる女官は必然、仕事ができなかったり、主人と仲が悪かったりが多く、辺りにはすさんだ空気が漂っていた。

　綾芽が住んでいるのも、東の女官町だった。味もそっけもなく続く宿舎の前を、小走りで自室に急いだ。二藍が自分の館に綾芽を住まわせるつもりがないのは構わないが、女官らが口さがなく愛人だのなんだの噂する声は、今日だけは聞きたくなかった。

　高官の神祇祐に仕える綾芽は、確かに恵まれている。だからいつもは何を言われても平気なふりをしている。でも本当は辛かった。愛人だなんて誰が言いだしたのか。なぜありえない噂で盛り上がれるのか。真に愛人だったら、こんな場所には住んでいない。

　疲労を背負って室に戻った。夫人の妻館二つを掛け持ちしている相室の由羅は、帰っていない。衣を脱いで、そうっと皺を伸ばし、床に潜りこんだ。

　ふと思った。

（もし那緒が生きていて、約束通りに斎庭に招いてくれたとしても、わたしはきっと、なんの助けにもならなかったな……）

地方から来た采女の地位は低い。那緒も、きっと嫌な思いをたくさんしたのだ。それでも歯を食いしばって頑張った。むしろこれで箔がつくわ——なんて笑って。

なのに最後は、自分の胸を突いた。

悲しくて寂しくて、寝付けなかった。

目が覚めたときにはもう、外は出仕する女官たちの声で騒がしかった。慌てて起きて身支度を調えていると、由羅が遠慮がちに室に入ってきた。

「お疲れですか？　これ、梓の分です」

もじもじと、雑穀と塩の載った膳を差し出す。女官に配られる朝の膳だ。綾芽の分もとってきてくれたらしい。

「わ、ありがとう。申し訳ない」

綾芽は急いで掻きこんだ。同室の同僚だけは、優しい子でよかったと心の底から思う。

由羅は甲の邦出身の采女だった。真面目なのだが引っ込み思案が災いして、なかなかこれぞという花将に巡り会えない。それで東の女官町に居を置いている。綾芽はそのうち、佐智に紹介しようかと思っていた。

「ところで、祐宮（すけのみや）となにかあったのですか？　いえ、話したくないならいいんです。でも梓、疲れているみたいだから」

招方殿に向かうというので、一緒に室を出た。心配してくれている由羅に、ぽつぽつと言葉を選ぶ。

「いや、なにもないんだけど……いろいろ、わたしには力が足りなくて」

やだ、と由羅は小さな声で笑った。

「そんなふうに言われちゃうと、わたしの立場がないですよ。梓はいきなりのお取り立てだからわからないかもしれないけど、祐宮にお仕えできるだけですごいんですから」

「運がよかったのはありがたいよ。でもいつ放り出されるかわからない」

二藍のただの気まぐれが向けられている。それだけだ。

と、由羅は遠慮がちに言った。

「放り出された方が、いいかもしれないですよ」

「え？」

「だってあの方、恐ろしいです。梓が怖い目に遭ったら、かわいそうです」

ぴんときていない綾芽を、ご存じないのですか、と上目で窺う。「赤い目をお持ちだとか。目を見ただけで人の心を操ると聞きます」

「ああ……」

綾芽は口ごもった。誤解がある。二藍は心術を使うが、目を合わせた者の言葉が真実か判断できるに過ぎない。由羅が言うような、神命のごとき力はない。きっと、斎庭の中で噂が広がるうちに、曲がって伝わったのだろう。

でも説明しても意味がない気がした。なにより二藍の肩を持つようで落ち着かない。

「もし逃げ出したくなったら、わたしを頼って。どうにかお仕えする御方のところに連れていきますから」

とにかく由羅は優しい。綾芽の境遇がうらやましいに違いないのに、親身になってくれる。綾芽は心から礼を言って、招方殿の前で別れた。

二藍の館に近づくにつれ、昨日のことを思い出して気が重くなる。でも振り切って門をくぐると、二藍はまだ在宅していた。南の廂(ひさし)に、白木の几(つくえ)を持ち出し座っている。もう館にいないと思っていたから、綾芽は気まずい思いで庭を抜けて簀子縁の前に立った。

筆を動かしていた二藍は、綾芽を見るや皮肉げな笑みを浮かべた。

「わたしの心づくしが受け取れないと見えるな。それともすっかり忘れて寝坊か？　せっかく忙しい間を縫って文字を教えてやろうと思ったのに」

綾芽は瞬いた。

「文字？　……なにを仰っている」

昨日の二藍は、字も書けない綾芽に興味をなくしたように見えたのに。

二藍は筆を止め、片眉を持ち上げた。

「昨日使いをやっただろう。早起きして来るようにと伝えたはずだ。お前はいなかったから、同室の者に言づてさせたのに。まさか伝えられていないのか？」

「いや……」

聞いていない、と言いかけて綾芽は口を噤んだ。だめだ、言ったら由羅が叱られるのは目に見えている。代わりに転がるように跪いて頭を下げた。

「申し訳ない、すっかり失念していた！　なんとお詫びしたらよいのか。でも楽しみにしていたんだ。ありがたくて嬉しくて、昨日は眠れなかった。それで寝坊してしまって」

「そうぺらぺら喋るな、胡散臭い」

「本当なんだ、お許しいただきたい。そしてもし許していただけるなら、どうか文字をご教授ください。伏してお頼み申し上げる」

「ずうずうしいぞ」

「わかっている。でもそれでもどうか。ずっと手習いしたかったんだ。本当だ」

「もうよい」

　と二藍は呆れたように手を振った。「いつまでも這いつくばるな。せっかくの衣が土臭くなる」

「……許してくださるのか」

「少なくとも今日の分はもう用意してしまったからな。上がってこい」

　二藍は筆を置き、自分のすぐ横の床を指先で叩いた。

　本気なのだろうか。半信半疑で、それでもそわそわと殿上に上ると、二藍は綾芽に筆を握らせた。「まずは基本だ」と後ろから手を添え、筆を動かす。縦に横に、墨痕鮮やかな一本線を何度も引く。それから綾芽一人で同じようにやらせた。何度か繰り返し、また手を添える。持ち方を直し、力の入れようを指摘し。綾芽は必死になってついていった。

　やがて二藍は、よし、と立ち上がった。

「わたしはもう行くが、ここにある紙は好きなだけ使っていい。気の済むまで練習しろ。それからこれは」

　とさきほどまで、自分が筆を動かしていた巻子を、綾芽の前に広げてみせた。

「わたしが書いた、神名帳の一部だ。手習いの見本とするつもりだが、まずは読み方を覚えるのに使うといい。読めない字があれば、小さく墨で印を付けておくように」

「いただけるのか？　これを、本当に？」

目を見張って受け取りかけた綾芽だが、はたとして首を振った。「印は付けられない」

「なぜだ。学ぶ気がないのか？」

「まさか！　汚してしまうじゃないか。こんなに美しいのに、もったいない」

二藍は首を傾けた。すぐに自分の字が褒められたのだと気づいて、いつも斜に構えている男にしては驚くくらいにぎごちなく笑った。

「世辞を使ってもなにも出ないからな」

「世辞じゃない！」

「いくらでも書き直せるから気にするな。使い潰される方が書いた甲斐もある」

だったらそうする、と綾芽は今度こそ恭しく受け取った。そうっと目を通す。自然と口元が緩む。この美しい巻子が自分のものなのだなんて信じられない。

「嬉しいか」

「嬉しい。本当に嬉しい。ありがとう」

声を弾ませると、二藍は扇越しに目を細めた。

「なんだ、己のことも喜べるのか。あの娘のためだけに生きているのかと思った」

「え。あ、いや違うんだ」

綾芽は急に後ろめたくなって言い訳を探した。「わたしはあの子のために――」

「別に構わないだろう?」と二藍は軽く笑う。「あの娘のためにもなる。読み書きできれば、見えるものは広がる。昼餉には戻る。それまで好きに使え」

「待ってくれ。なぜ字を教えてくださるつもりになったんだ」

二藍は立ち止まり、少し考えるような顔をした。

「気まぐれだ」

綾芽は、少々落ち込んだ自分に驚いた。

でもすぐに、別に気まぐれでもいいと思いなおした。少なくとも二藍が、綾芽のために時間を割いてくれたのは確か。あの様子だと、朝から綾芽を待っていたのだろう。

夢中になって筆を動かした。ずっとこうやって、文字なるものを書いてみたかったのだ。思ったより難しく、それがまた楽しく、紙の隅まで真っ黒にしているうちに刻は過ぎた。

少しだけ、由羅のことも考えた。二藍は、由羅に言づてを頼んだと言っていたけれど、由羅はそんなそぶりも見せなかった。

(きっと忘れてしまったんだ。そうに違いない)

由羅がわざと伝えず、綾芽が二藍の怒りを買うよう仕向けたとは思いたくなかった。

昼餉まで使っていいと二藍は言っていたが、それより前に弾正台の武官がやってきて、綾芽に仕事を頼んできた。今日も綾芽が来るものと思って、処理待ちの木簡を積み上げているらしい。

名残惜しかったが、綾芽は筆を置いた。仕事が優先だろう。勤務の合間に手習いさせてもらえただけでありがたい。

真っ黒になるまで線が引かれた紙束に驚いている武官に、二藍への置き文を書いてもらった。少し迷ってから、自分で感謝の言葉を書き加える。線の引き方しか教わっていないから、見よう見まねの適当なものだ。それでも綾芽は満足した。

文を几に置くと、先を行く武官を追いかけた。

＊

昼前、各司からの申し出の裁定を済ませて戻ってきた二藍は、もぬけの殻の廂を見て足を止めた。たちまち落胆が押し寄せ、心を冷やして引いていく。

つい、文字を教えようなどという気を軽々しく抱いた自分に対する後悔は、今さらだ。しかしそれとは種類の違う痛みが心を刺して、二藍は驚いた。幼い頃、母に抱きつこうとして怯えたように身体を翻されたときに、捨てたはずの痛みだった。

――動じはしない。どうせこんなものだ。

乾いた心を引きずって几に近づいた。しかし、綺麗に整理された文筥の上に文が置いてあるのに気づいて、二藍の閉じた感情はふと緩んだ。

身を屈めて拾いあげる。書き慣れた者の字で、綾芽を連れていく旨が書かれていた。少々安堵した目に、幼子の落書きのような墨の跡が映る。

首を傾げ、二藍は文を目の前に持ち上げた。その頰に、やがて笑みが浮かぶ。

「……これは文字とは呼べないだろう」

二藍はそっと文を畳み、懐にしまった。

――お前は本当に馬鹿だな。あとで辛くなるだけのくせに。

頭の後ろでもう一人の自分が嗤っているのには、気づかないふりをした。

*

驚いたことに、二藍の気まぐれはその後も続いた。綾芽はここ数日、毎日のように二藍の暇を見て読み書きを教えてもらっている。もしかして、どこかに隠された膨大な文書でも紐解かせたいんだろうか。訊いてみたが、二藍は違うと言う。ではなぜ、と考えたがわからなかった。

少なくとも手間暇をかけているのは二藍の方だ。綾芽は、一度まったく信じられなくなりかけたこの男を、少し好きになっていた。

その間にも、口さがない東女官町の噂はますますひどくなっていた。でももう、そんなに気にならない。きっと弾正台の女官や佐智などが優しいお蔭だ。同室の由羅も、「近頃祐宮とはうまくいっているみたいですね」と喜んでくれる。

そんな由羅に、読み書きを教えてもらっているとは言えない自分が恥ずかしかった。由羅は当然文字が書けるにしても、妬まれたくなかったのだ。

いつものように弾正台の仕事を手伝っていると、官衙に二藍がやってきた。女官と立ち話をしていたが、やがて木簡を削っていた綾芽に、「慣れたものだな」と声をかけた。

官衙で話しかけられるとは思っていなかった綾芽は、内心驚いて顔を上げた。二藍は楽しそうな顔をしている。機嫌はいいようだ。

「……今日は弾正台で仕事があるというので、こちらに来ました」

「知っている。それはともかくついてこい」

どこに、と思ったが、二藍はここで説明するつもりはないらしく、身を翻した。綾芽はすぐに小刀を置き、袴に積もった削りかすを払って追いかけた。

「どちらにゆかれる」

「その前に」

と牛車の前で振り返った二藍は、綾芽が物置代わりの北の局に置いてきた綾織の衣を寄越した。「動きづらいのはわかるが、官服を簡単に脱ぐな。お前はわたしづきの女嬬なんだから、女童みたいな格好をされるとわたしが恥ずかしい」

綾芽は自分の姿を見やった。切り袴と単衣は官服のままだが、確かに腕はまくる、身体中削りかすまみれ。とても祐宮の女嬬には見えない。気まずく思いながら、入念にかすを払って衣を受け取った。いつの間に焚きしめたのか、自分の衣なのに香が薫っているのがさらに気まずい。

引きずらないよう、紐で衣をからげていると、緩く結んだ垂髪が解かれた。

「なにをするんだ」

驚いて振り返ろうとすれば、こめかみを両手で挟んで前を向かされる。

「動くな。気の抜けた女嬬を連れ歩いていると思われるのもしゃくだ」

言いながら二藍は、綾芽の髪を宝髻に結い始めた。綾芽は戸惑った。宝髻を結うのは、冠や笄子を付ける花将や高位の女官ばかりだ。

「……そんなのわたしにはもったいない。似合わないだろうし」

「そういう問題じゃない。北の女御のもとに行くからな。少しははったりを利かせねば」

「北の女御？」

そう、と二藍は、綾芽の髷に金の鶏飾りがついた笄子を挿し、「悪くないな」と呟いた。

「斎庭には、神祇官ではない妻妾もいるとは知っているな。そのうちのおひと方に用がある。妃宮もいらっしゃるから、お前を連れていってやろうかと思ったのだが……なんだ、気の抜けた顔をして。興味ないのか？」

ぽかんと口を開けていた綾芽に、二藍は薄く笑った。綾芽は急いで首を横に振った。

「そんなわけない！　もちろん会ってみたい……でも」

「でも？」

「あなたは近頃、いったいどうされたんだ？」

妃宮に会えるとは願ったり叶ったりである。手がかりを見つけられるかもしれないし、純粋に昔から斎庭の主に憧れていた。でも、やっぱりよくわからない。ずっと綾芽を放っておいた二藍とは思えない。

「どうもしていない。ただ少し、手を貸してやる気になっただけだ。せいぜい続くよう祈るんだな」

二藍は懐に手を当て、思い出したように笑った。

「……なにかお持ちか?」

「文だ。この間、見たこともないようなひどい文をもらってな」

ひどい文なのに機嫌がいいとは変わっている。綾芽は顔をしかめたあと、自分の書いたやつかもしれないとちらと思ったが、すぐにまさかと思い直した。

ゆきがてら話をしたいと、二藍は綾芽にも牛車に乗るように言った。牛車なんて初めての綾芽は、躍る心を静めるのに苦労した。五色に飾り立てられた車を前に、すでに少々舞いあがっている。なるべく真面目な顔をして、慣れない揺れに逆らう努力をした。

当然そんな努力は筒抜けだったらしく、二藍は終始上機嫌に見えた。

しかし、車が賢木大路を西へ曲がる頃になると、少々雰囲気は変わった。あるかなしかの笑みは変わらないが、どことなく憂いを帯びたように見える。

二藍が、物見からちらと外を見やったのを綾芽は見逃さなかった。二藍の視線の先には、赤き塀――春宮の尾長宮があった。

「よくぞおいでになりました、祐宮。ばたばたとしていてごめんなさい」

北の女御・静子は、厚い御簾の向こうから柔らかな声で二藍をねぎらった。

「いえこちらこそ、黄の龍神をお招きされるお忙しいときに、押しかけて申し訳ない。少しばかりの心づくしをお持ちした。どうぞお納めください」

綾芽は立ち上がり、そっと御簾の隙から漆塗りの笏を差し入れた。二藍と静子の間は、御簾が二つも掛かっている。二藍が心術を使うからなのだろうが、まるで檻のようだと、綾芽は二藍が気の毒になった。

大君の女御の中でもっとも寵愛されているのがこの静子である。二藍は、牛車の中でそう説明した。斎庭には、神祇官である妻妾――花将と、無官の妻妾――女御がいる。花将の多くが名目上の妻で、神を招くのが本務であるのと違い、女御は純粋に大君の妻として入庭した女たちだ。多くが外庭の高位貴族の子であり、この静子も左大臣の娘である。

多くの場合、大君は、子を生すための妻は花将とは別に立てる。大君が花将を寵愛してもまったく構わないのだが、高位の花将は神祇官としての責務が過大なため、斎庭を重んずる大君の多くは、優秀な官僚でもある近しい花将らに気を遣うのだ。

無官の女御は俸禄もろくにもらえず、子を産まない限りは神祇官に劣る扱いを受けるのだが、娘をあくせく働かせたり、下級貴族の子と競わせたりを厭う高位貴族の思惑と相まって、鶏冠宮のすぐ南の女御内には、生家の財で着飾った、数人の女御が侍っていた。

「まあ美しい織物。祐宮の見立ては、いつも素晴らしいですね」

「しかしその鮮やかさも、女御の前では色あせて見えるようだ」

「お上手ですこと」

ころころと笑う静子の後ろから、振り分け髪の男童が二人現れた。二人は二藍を認めるや、母の周りを跳ね回った。

「二藍だ！　母君、お会いしてもよいですか？」

今にも御簾をくぐろうとするのを、周りの女官が慌てて止める。言葉に詰まった静子の代わりに、二藍が穏やかに言った。

「いけませんよ、二の宮に三の宮。大君の御子たるもの、神ゆらぎと会うは御簾越し。そう決まっているでしょう。母君さまを心配させませんように」

しかし斎庭の掟など知らぬ童は、口を尖らせた。

「なぜ？　遊んでほしいのに」

「――ならばわたしが遊んで差し上げよう、お二方」

静子のそばに、もう一人女が現れた。静子が正面を譲ったのを見て、綾芽はそれが斎庭の主、一花の妃宮・鮎名であると気づいた。

「妃宮、お待ち申していました！　今日は泊まってくださるのでしょう？」

二人の若宮は喜び勇んで鮎名に飛びついた。鮎名は「もちろんだ」と年長の二の宮を抱き留め、三の宮の頭を撫でた。

「一晩楽しく過ごそうぞ。絵巻物も読んでやる」

「やった」と二人は飛び跳ねる。女御が申し訳なさそうに頭を下げた。

「ご迷惑をおかけします、妃宮」

「よい、祭礼ではお互い様だ。それに時おり桃危宮から出ねば、わたしも飽いてしまう。妃宮になってからというもの、足がなまって仕方ない」

「あなたは足がなまるくらいでちょうど良いのですよ。昔みたいに駆け回られたら、こちらが困ります。何度兄君に命じられて、呼びに走ったか」

「二藍か。お前も来ていたのだな」

と鮎名は、御簾のこちらに目を向けた。

「白々しい御方だ。最初から気づいておいでのでしょうに」

口を尖らせた二藍の声に、鮎名は明るく笑った。それから室を見渡し、静子に言った。

「準備は整っているようだな。心配はしていないが、疎漏なきよう頼む」

今宵、北の女御は黄の龍神をもてなす予定であった。

黄の龍神は、黄の邦が奉じる雨の神だ。神祇官でない静子は、本来ならば祭礼に関わる必要はない。なのに招神の儀を行うのは、二人の宮がいるからだ。春宮を除けば、この二人だけが大君の御子なのである。

「承知いたしました」

と女御は頭を下げた。「無官のわたくしにこの大任をいただき、改めて感謝申し上げます。大君の妻として、立派にお役目を果たしてみせます」

「そう気を張らずともよい。黄の龍神は翁のような神だ。失敗などせんだろう」

遅れてやってきた尚侍の常子と共に、二藍らは式次第の確認に移った。四角四面な常子に退出を求められ、綾芽は素直に従った。鮎名をはじめ誰もなにも言わなかったが、本当は、綾芽は女御の御殿になど上がれない身分なのである。

那緒、春宮。考えることは多いから、退屈はしない。牛車のそばで牛飼童に交じって考えを巡らせた。那緒が嫉妬で春宮の寵妃を殺したとは、綾芽は信じない。誰かが那緒を操り殺させた――または罪を被せた。

でもそれなら、誰がなんのために那緒を操ったのだろう。春宮の妻に嫉妬する誰かだろうか。外庭の権力争いだろうか。いや、春宮が尾長宮から出られなくなっていると考えれば、これは春宮を追い落とす陰謀だったのかもしれない。春宮が失墜して喜ぶ者と考えると、御子を擁する静子も当てはまるが……。

「ほう」と殿上から声がして、綾芽の思考は途切れた。「お前が二藍の新しい女嬬だな。気に入られたのか、はたまた手足として都合がいいのか。どちらなのだ?」

振り返ると、鮎名が渡殿に立っていた。綾芽を面白そうに見下ろしている。慌てていると、端に置かれた几帳の陰から二藍が口を出した。

「どちらでもないですよ。佐智は嬪（ひん）になりたいというし、弾正台の娘たちも偉くなってしまったのでね。身の回りの雑用を手伝わせる者が必要なんです」

鮎名が渡殿にいるので、直接顔が合わないようにしているらしい。二藍以外の官人はそこまで気を遣わないから、やはり心術のせいか。

「相変わらずの冷めた物言いよ」

と鮎名は呆れてから、綾芽に向かって笑みを浮かべた。「心配するな。この男はこう申すが、気に入った者しか周りに置かない。そなた、名は？」

直々（じきじき）に声をかけられるとは思わず、綾芽は緊張して答えた。「梓と申します」

「では梓、励め。ここでは才のみがものを言う。美しさでも器量の良さでも、頭の良さでも心の強さでも、どれでもいい。よく磨いて尖らせておけ。そしていつか、わたしを支える者になってくれ。桃危宮で待っている」

微笑む鮎名に、綾芽は思わず見とれた。気の強そうな人だと思っていたが、目が合って初めて気づく。眼差（まなざ）しは柔らかい。

と、二藍が不満げに口を挟んだ。

「やめてください。あなたはそうやって、わたしが鍛えた娘をすぐ欲しがる」

「仕方ない。お前が気に掛ける娘は出来がいいからな。……本当にもったいないよ」

「あげませんよ」

「お前の才がもったいないと言ったんだ。神ゆらぎに生まれなければ、春宮の座はお前のものだったろうに」

　二藍は言葉に詰まった。でもすぐににこやかに切り返す。

「ご冗談が過ぎる。大君には春宮も、北の女御のお二人の御子もいる。外庭には、わたしの他に兄弟だっていますよ」

「斎庭の任は重い。ゆえに大君の座が子ではなく、いっとき才ある王弟に継がれる例などいくらでもある。知らないわけではあるまいに」

「そもそも器でありません。意味のない褒め言葉でわたしを持ち上げて、わたしの女嬬の歓心を買おうとするのはやめてください。本当にあなたは人たらしだな」

　ばれたか、と笑ったあと、鮎名はゆったりと衣の裾を引いた。

「人たらし、か。意趣返しとはいえ、お前も残酷だ。本当にわたしがそうなら、どれだけよかったか」

　声には、寄る辺ない寂しさが滲んでいるように聞こえた。

「さて、お前にはどう見えた？」

女御の御殿を辞すや、二藍は尋ねた。「妃宮と北の女御。正直な印象を言ってみろ」

試されている、と綾芽は感じた。人を見る目があるのか把握しようとしている。

「そうだな」

としばらく考えて慎重に続けた。「北の女御は、たおやかな御方に見える。左大臣の御息女というのにでしゃばることもない。妃宮を尊敬なさってもいるようだ」

「でしゃばる必要がない。寵愛も子も得て、自分の地位が揺るがないと知っている。そんな感じだろう」

「まあ、そうだ。ただ……見た目そのままの方でもない気がする。芯はなかなかしっかりしておられそうだ」

「だいたい的を射ているな」

と二藍は立て膝に頬杖をついた。「では妃宮は？」

こちらが本題らしい。綾芽はよく考えてから、言葉を継いだ。

「最初は、思い描いてきた斎庭の主そのままだと思った。意志が強く、賢く、それでいて気安くあられる。駆け引きもお上手だ。あなたと対等に渡り合えるなんて尊敬する」

「それではわたしが駆け引きばかりの男のようではないか」

二藍が思いもかけず不満げな顔をしたので、綾芽はおかしくなった。

「では、あなたは熱くてまっすぐな御方だとでも言うのか？」

「そうだがなにか？」

「やはりな。わたしは知っていたよ」

二藍は虚を衝かれている。一枚上をいったのに気を良くして、綾芽は続けた。

「とにかく妃宮は立派な御方だ。でもよく見れば、どことなく悲しそうだな。北の女御に、負い目をお持ちだ」

「……子がない負い目か？　出自が低い負い目か？」

どちらでもない、と綾芽は首を振った。確かに鮎名には子がなく、出自も低いが、気に病んだりはしないだろう。桃危宮の主とは、王を支え、祭祀と王の後宮を差配するのが役目だ。出自が低くとも才あればよい。子がなくとも、子を産む女を守ればよい。制度の上でも、斎庭の頂点たる神祇伯の地位にある者が、子がないだけで失脚することはありえない。後継者争いのために神祇伯を追いやる者がいれば、いかに外庭の高官であれど逆賊とみなされるだろう。この国の斎庭は、ただの後宮ではないのだ。

「ではその負い目とは、なんなのだ」

「妄想に過ぎないが、妃宮はお寂しいんじゃないか。大君のご寵愛は、初めは春宮の母御に注がれ、お亡くなりになったのちは、北の女御に向けられたと聞いた。妃宮とは大君の片腕、ただの妻妾ではない。とはいえ妻妾でもあるだろう？　いくら才を認められていても、そこに少しばかりも愛がなくては、空しいお気持ちになるのかもしれない」

大君は、亡くなった春宮の母、雛の妃を寵愛していた。春宮は、いざというときにすみやかに祭祀を引き継がねばならない。それで才ある花将が妻妾としてつけられる。雛の妃はその一人であったという。七つ年上で姉のような妃を大君は気に入り、すぐに春宮が生まれた。

しかし程なく雛の妃は身罷り、大君は悲しみに暮れたという。その死をずっと引きずっていた大君が、ようやく北の女御に足繁く通われるようになって、貴族たちは安堵した――というのが、綾芽が里で聞いた話だった。

つまり今の妃宮は、単に斎庭の主として地位を与えられているだけ。女人としては見られていない――そう郡領たちは、下世話な噂に花を咲かせていたのである。

しかし二藍は、それは違うと言った。

「妃宮と大君は大層仲がよろしかった。大君は外庭の反対を押し切ってあの方を斎庭の主にすえたが、それは才に惚れ込んだからだけではない。一人の女人として大いに気に入っていらっしゃったんだ。それゆえ選んだと思われぬために、かえって詳らかにはされないがな。大君が北の女御を寵愛されるのも、そのあたりの釣り合いの意味が多分にある。それだけお二人はわかりあっていたし……友だった」

友、と言ったとき、二藍の声が昏く沈んだ。

「今は違うのか」

「大君は疑っている。那緒を使って春宮の寵妃を殺したのは、妃宮ではないか、と」

「……なぜだ」

と綾芽は眉をひそめた。「妃宮が春宮の寵妃を殺しても意味ないだろう。子のいない妃宮が、躍起になって春宮を廃する意味はあまりない」

「そうでもない。春宮と妃宮は、うまくいっていなかったんだ。二年前、十五の御歳だった春宮は、とても褒められた春宮ではなかった」

貴族らに甘やかされ、政や招神を軽んじ、斎庭も自らの花将――つまりは那緒たちだ――に任せきりの春宮を、鮎名は常々厳しく叱責していた。愛妾と遊び、貴族の宴で夜を明かしてばかりいるようなものに、春宮の任が務まるか、と。

「大君も、春宮の所業を苦々しく思われていた。それで妃宮の肩を持ってはいたが……それでも亡くなった妻の忘れ形見だ。情を捨てられなかったのだろうな」

そんなとき那緒の事件が起こった。春宮の寵妃は死に、春宮も尾長宮を出ない。

「妃宮は春宮を快く思っていなかった。ゆえに春宮を排除しようと那緒を使った——そう大君に吹き込む者がいてな。大君は、妃宮に心を開かなくなった」

「……妃宮の企てだという証拠があるのか」

「まさか。あったらとっくにわたしが裁いている」

「ではなぜ大君は妃宮を疑うんだ。友だったのに」

綾芽は戸惑って、つい尋ねてしまった。二藍は一瞬、綾芽に目を向ける。

「お前は、那緒を少しも疑わないな」

「当たり前だ」

綾芽は信じている。あの子は絶対に、最後まで自分を貫いた。

「そうだな、友だものな」

二藍は呟くと、疲れたように両目を覆った。「大君も、妃宮を疑うような人ではなかったんだ。なのに」

独り言のように続ける。

「ここのところ、あの方は少し変だ。妃宮どころか、わたしや伯父君、弓
すべてを疑っている。刻が経てば収まるかと思ったのに、近頃はさっ
しまったのか。兄君はもっと——」

そこまで言って、二藍はぱたりと口を閉じた。扇を広げ、陰をつくるように[illegible]を隠す。言うべきでないことを口にしていると気づいたのだろう。

それきり二藍は、牛車が止まるまで口を開かなかった。

綾芽は急に、自分があまりに無力に思えてきた。二藍にこんな顔をさせる謎を、果たして解き明かすことなんてできるんだろうか。

日が西へ傾くまで、弾正台の手伝いをして過ごした。仕事が終わり、帰る段になって、二藍に笄子を借りたままだと気づいて、東の女官町に向かいかけた足を返す。

二藍はどこからか戻ってきたところだった。丁寧に礼を言って返したのだが、二藍は「ああ」と言っただけだった。心術でも使って疲れているのだろうか。そっとしておこうと、綾芽は短く挨拶してその場を離れようとした。

二藍は去りかけた綾芽を引き留めた。

「同室の娘――由羅と言ったか。どんな娘だ？」

唐突な質問に、綾芽は首を傾げた。なぜ急に。とはいえ一応答える。

「真面目な子だ。引っ込み思案だが、いい娘だよ」

「ほう」

突き放すような声である。綾芽は警戒して、少し声を低くした。

「……含みがおありか」

「いや、変だと思ってな。お前には、人を見る目があると思ったのだが」

「どういう意味だ」

「女官町に戻る必要はない。お前の室は、今日からわたしの館に用意する。そこで寝泊まりするように」

「……なぜだ」

とっさに疑問が口を衝いて出てしまった。なぜ方針を変えたのだ。綾芽を認めたのか。いや違う。二藍はそんな簡単な男ではない。ならばなぜ。

「お前はもう、この間の朝のことを忘れたのか。わたしが初めて読み書きを教えた朝だ」

「この間……」

ふいに思い当たり、恐る恐る尋ね返した。「もしや、由羅を罰するのか。あなたは由羅があのとき、わざとわたしに用件を伝えなかったと疑っている。あなたの命を故意に伝えないなんて由々しき怠慢だ。それで由羅を罰しようと思って——」

「疑っているのではない。事実だ。加えてすでに処断済みだ。由羅は斎庭から追放した」

今度こそ、綾芽は耳を疑った。

「嘘だろう……」

「嘘なものか。斎庭はただの後宮ではない。神を招く場だ。神と戦う場だ。嫉妬やひがみで、勝手をする者の居場所はない」

「でもそんな、急じゃないか。由羅は頑張っていたんだ。伝言だって、つい忘れただけかもしれない。そんな一度の過ちで追放なんて」

「一度？　まだ言うのか？　本当はずっと気づいていたくせに」

「だから、なににだ」

二藍は扇で口元を隠し、立ち上がった。見下ろす瞳には、冷えた怒りが宿っている。

「東の女官町の噂を知っているな。お前がわたしの愛人だと言われている」

「……一応は」

「そんな噂、普通はわたしが怖くて誰も流さない。なのになぜ、此度に限って公然と言いはやされるかというと、みな確信しているからだ。誰かが言い触らしたのだな。同室のよしみで、お前から直接聞いた、と」

「由羅が言い触らしたと言いたいのか」

「そんなのはどうでもいい。あれには他にも余罪がいろいろあったのだ。そうではなく、わたしはお前の話をしている。お前は、由羅が妬んで言い触らしたと気づいていた。気づいていながら庇った。この間の朝と今、二度も。なぜだ」

「それは……」

「同室の娘に裏切られた事実を認めて、自分が傷つきたくないからだ。お前は自分に自信がないから、自分を害する者すら離れていくのが怖い。だからなにも気づかないふりをした。違うか」

綾芽は唇を嚙んだ。なにも言い返せない。

「まさか、友だからこそ庇ったなどとは言わないでくれよ。それがお前の言う友情か？」

「……そうじゃない。友だったらはっきり苦言を呈する。つまりわたしは、あの子を友とは思っていなかったんだ」

「それを聞いて安心した」

と二藍は手元の巻子に目を落とした。「ゆっくり休め」

綾芽は黙って頭を下げた。言いたいことはいろいろあった。でも結局すべてを心にしまい込む。由羅とは確かに友ではなかった。友になれないと知っていた。でもそれよりも、心を敢えて暴くような二藍の仕打ちを悲しく思っている自分を、これ以上白日のもとに晒したくはなかった。

とぼとぼと門へ向かった。とにかく、女官町に戻って荷物をとってこなければならない。

気持ちを切り替え、館を出ようとしたときだった。

門の前で、息せき切って走ってきた女官と鉢合わせた。北の女御の御殿から来たという女官は、尋常でなく慌てている。

「どうしたのです」

と尋ねれば、女官は膝に手をつき口早に言った。

「由々しき事態です。祐宮に、今すぐお取り次ぎください！」

*

——わたしはなにをやっているのだろうな。

二藍は冷たい右手を額に当てた。綾芽が去って、代わりにむなしさがやってくる。

それは生まれた時からゆっくりと、ひたひたと、二藍を沈めていくものだった。自分を殺しゆくそれを、二藍はじっと待っていた。いつか口と鼻を塞ぎ、なにもわからなくしてくれるのを待ち望んでさえいた。

なのになぜ、今さらもがこうとしてしまうのか。

遠雷の音がした。庭へ目を向けると同時に、嘲笑が響く。

「おやおやおや、贅沢に物思いですか。さすが有実の血を引く高貴な御方は風流だ」

苔むす桜の下に、官服の男が立っている。几帳面そうな着こなし。柔和な微笑み。虚ろな瞳。先日、綾芽が出会った人物だ。二藍は向き直り、丁寧に頭を下げた。

「これは稲縄さま。五年ぶりの来庭、歓迎致します。早速鎮めの儀を設けましょう」

「結構。起きたばかりなのに、また鎮められてはつまらない。まずあなたを存分にからわせていただきますよ。まあ、気が向けば、雷くらいは落としますが」

言うや空に光が走った。

思わず顔を背けた二藍が視線を戻せば、すぐ目の前に、視界を塞ぐように男の顔がある。たまらず身を退くと、はあ、と息を吹きかけられた。二藍は、強烈な酒の匂いをなんとか耐えた。落ち着け、怒らせるな。荒れ御霊になられたらかなわない。ただでさえ忙しい秋に、これ以上花将に負担をかけられるか。

この男は死人である。名は稲縄。政争に敗れて死んだ、かつての官人の霊だ。

兜坂では、御霊がさっぱり消える死こそよしとされる。こうやって生前を模した姿でいるのは、恨みで凝り固まり、怨霊となってしまった御霊だった。神ではないから、呼んでもいないのに斎庭に居座り、生前のように話す。でも人ではないため、どこか箍が外れている。怒れば手が付けられない。たちまち荒れ御霊に転じ、無理難題を花将に命じ、気の済むまで嫌がらせをする。

いつから見ていたのだ、と二藍は昏い気分になった。この怨霊は、ことあるごとに二藍を苦しめる。苦しめて鬱憤を晴らしている。

「わかってますよ。優しくしたいのにできなかったんでしょう？　素直にもなれない。あの娘のために、いろいろいろいろやったのに」

思った通り、稲縄は声を弾ませた。「あの娘、心が強そうなわりに、同室の娘には強く出られない。友のためだと言って、自分なんて顧みない。顧みる価値なんて塵ほどもないと思っている。そんな寂しい生き方を哀れに哀れに思って意志を曲げたのに、失敗してしまったんですね。あなた、口がよく回るのに、肝心なところで童より下手くそ。友がいなかったせいですか？」

「そんな単純な話ではありません」

「ほんとはあの娘と友になりたいくせに」

「そんなことは、ちっとも思っておりませんよ」

「嘘つき嘘つき。わたしに嘘をついても見抜きますよ。なんせあなたは有実の血を引く男だ。憎たらしいから足の爪から頭の毛の先まで、よおく見定めていますからね。血も涙もない男になりきれない。なんて軟弱。あの鬼畜生の血を引くくせに」

喧嘩を買うのは大悪手だ。わかっているのについかちんときて、二藍は低く返した。

「血を引くからといって、質まで同じとは限らない。わたしは祖父とは違う」

確かに稲縄を死に追いやったのは、二藍の血族だ。当時稲縄の政敵だった、母方の祖父、有実。有実は外つ国からの使節を迎える大事な日を前に、稲縄を騙してしこたま酒を飲ませた。翌日稲縄は醜態を晒し、それを苦にして自尽した。一方の有実は、のうのうと右大臣にまで成り上がった。だから稲縄は恨みを募らせ、斎庭を彷徨っては鎮められ、また彷徨っては鎮められを繰り返している。

でも政敵の血を引いているからといって、二藍も同じだと言われるのには怒りが湧いた。

「ほんとですか？　そう信じたいだけでは？　ああでもどちらにしろ、あなたは苦しむでしょうね。苦しむあなたを見ると胸がすく。お互い様ですよ。有実も苦しむわたしを見て笑っていたんだから。……そう、笑っていたんだ」

柔和だった稲縄の顔から、みるみる笑みが引いていく。「……あの男、よくもわたしを追い落としたな。殺してやりたかった。なのに斎庭は、あの男が生きている間にわたしを呼ばなかった！　それどころか贄さえ寄越さなかった！　くそ！　くそ！」

憤怒の相の稲縄が、びしりと笏で自らの手を叩いた。その瞬間、激しい衝撃が庭を襲った。耳をつんざくような音、目を焼く紫電。二藍は小さく声を上げてひれ伏した。雷は怖くない。でも雷に似た、もっと恐ろしいものが背を駆け抜ける。

ようやく顔を上げたときには、思った以上の反応に気が済んだのか、稲縄は笑みを取り戻していた。やはりどこかがずれてしまった調子で続ける。

「……贄、贄が欲しかったですね。どうして斎庭は贄をくれなかったのでしょう。そうすれば、こんな無様を晒さず消えられたのに。あの男の妻で、わたしの妹。あの子を贄にくれるとばかり思っていました。かわいいかわいい妹が、わたしが怨霊になる前に鎮めてくれると思っていた。斎庭はいつもそうしているでしょう？　贄一人が死ねば、怨霊に奪われる幾多の命は救われる。でもわたしにはくれなかった。あの男が右大臣になったから？　ねえ、なぜですか」

「申し訳ないが、わたしにもわかりませぬ。昔の話ゆえ」

二藍は、そう答えるしかなかった。

怨霊を生み出してはならない。しつこく都に雷を落とし、火事を起こす稲縄のように、国に何度も災厄をもたらす。疫病と結びつけばもう、そこらの荒れ神より厄介だ。だから確かに、普通ならば怨霊になる前に贄を用意するのだ。恨みを抱いた者が死して御霊となってからなるべくすぐに、その命日に贄を捧げれば、贄を喰らった御霊は鎮まる。一人の命で、災厄は防がれる。

けれど稲縄に贄は用意されなかった。稲縄の贄になるなら、その妹がもっとも相応しかったが、有実が許さなかった。心から愛していたからだ——などと言えるわけもない。

おや、と稲縄は首を傾げて、黙りこんだ二藍を右から左から眺めた。

「よく見ればあなたは有実より妹に似ているなあ。優しくて、ずるかったあの妹に。いえ、有実にもやっぱり似ている。国より妻をとってしまうところ。人より自分をとってしまうところ。そうでしょう？」

ねえ。そんなことで。あなたにほんとに。事が為せるんですか？

一つ一つ、念を押すように稲縄は言葉を紡ぐ。

——うるさい。

二藍は目を瞑ってひたすらに耐えた。自分の弱さもずるさも、言われなくともわかっている。だが関係ない、事は為す。兜坂が生き残る術はそれしかないのだ。

「そうそう」

と稲縄は楽しそうに付け加えた。「あの娘に会いましたよ。面白い娘だ。路傍の土か、それとも野に咲く朱の——」

「二藍さま！」

綾芽の声が響いて、二藍は目を開いた。駆けてきた綾芽は、息を切らしている。

「お怪我はないか？　すごい雷の音がした」

「え、ああ……」

稲縄の姿は跡形もなく消えている。二藍は取り繕うように立ち上がった。「大丈夫だ。庭の桜に落ちたらしい」

ほっとしたような、間の悪いような。最後稲縄はなんと言おうとしたのだろう。

綾芽は庭を覗いて、びっくりしたように二藍に視線を戻した。

「すぐそばじゃないか。本当に怪我はないのか？　火傷などしたかもしれない」

「大丈夫だと言っている」

二藍は気恥ずかしくなって扇をとり出した。「外の衛士に火消しを頼め。水をかけねば火事になる。それから」

「……どうなさった」

駆けていこうとした綾芽は、すぐに足を止めた。二藍は静かに問いただす。

「大した話ではないが、お前は酒臭い官人風の男に出会ったか？」

眉を寄せた綾芽だったが、たちまち目を見開いた。

「……会った。でも言うなと命じられて、言えなくて」

後悔が顔に表れるのを見て、二藍はすぐに言った。「別によい。確認しただけだ」

——そうか。稲縄は、綾芽に神命を使ったのか。

少しの落胆と安堵がこみあげる。神命に逆らえない。それはつまり、綾芽に朱之宮の血は流れていない、綾芽は何も特別ではないと示している。朱之宮の血が流れていれば、怨霊の神命など容易く撥ねのけるだろうに。

でもそれでいいのだ。

「途中まで言おうとしていたんだ。でも」

「気にすることではない。誰しも逆らえないのだ。いいから衛士を呼べ」

「わかった」と踵を返した綾芽を、二藍は再び呼び止めた。

「それから」

綾芽は立ち止まり、首を傾げた。今さら逡巡するが、二藍は思い切って言った。

「さきほどは言いすぎた。馬鹿にされて我慢する必要はない。そんな者を引き留めずとも、お前のそばにいる者はある。そう言いたかった」

綾芽はまたしても眉を寄せた。でも次第に、その表情は柔らかく崩れた。

「どうした」

「なんでもない、衛士を呼んでくる！」

どことなく嬉しそうに走っていく。よくわからないが、二藍はほっとした。そのせいか妙に顔の辺りが熱く感じる。水の入った瓶子を手にとろうと屈んだときだった。

綾芽が慌てたように駆け戻ってきた。二藍は手を止め、訝しげに見やった。

「どうした。もう衛士に会ったのか？　早いな」

「いや違う。その前に言わなきゃいけないことがあったんだ」

「なんだ。由羅の話なら――」

違う、と綾芽は首を振った。

「さきほど使者が来たんだ。北の女御の御殿に、黄の龍神がいらっしゃらない。このままでは、祭礼は失敗だと」

――なんだと。

二藍は眉をひそめた。


「わたくしのせいでございます。わたくしが至らぬばかりに……申し訳ございません」

泣き崩れる静子の背を、鮎名が支えて慰める。

「そうではない、お前に落度はない。まさかこうなるとは、誰も思っていなかったんだ」

鮎名の言う通りだと、二藍は嘆息を押し殺した。

真夜中である。しかし女御内にある静子の北の御殿には火が灯り、沈んだ人々の顔を照らしていた。

黄の龍神は、日を跨いでも入庭しなかった。予想外の事態だった。神位が高く、それでいて穏やかな神だからこそ、静子の祭礼の相手に選ばれたのである。まさか招きを無視されるとは誰も思っていなかった。

　黄の邦は兜坂の多くの土地と気候が違う。夏前に長雨は降らない。代わりにちょうど白桃の季節が終わった頃、玉央から黄の邦へやってきた黄の龍神が静かな雨を降らし、人と畑に恵みを与えるのが常だった。

　しかし黄の龍神は来ない。神が兜坂の斎庭に来庭しないとはすなわち、神の恵みが兜坂にもたらされないことを示す。このままでは、黄の邦の人も土地も乾いてしまう。

　静子は泣きじゃくるばかりだ。懸命になだめる鮎名だが、とうとう困り果てたように、奥の座の大君を見やった。

「あなたさまからも仰ってください、女御のせいでないと。……大君？」

　石のように座っていた大君は、今初めて気づいたかのように鮎名に目を向けた。

「なにか言ったか」

「いえ」

　鮎名はあからさまに戸惑った。この事態に、話を聞いていないなんて普段の大君ならありえない。「もしや大君、お身体の具合が優れないのですか？」

大君は不機嫌そうに眉を寄せた。

「なぜそんなことを訊く。いつも通りだ」

「失礼しました。ならばよいのですが……」

二藍は、御簾を隔てて隣に座した石黄に、「本当ですか」と囁いた。

「仰せの通りだよ」

と伯父は困惑を返す。「先刻からご一緒しているが、お変わりなかった。この事態に悩んではおられたが」

本当だろうか。充分兄はおかしいと二藍は思う。今日だけではない。感情の起伏がほとんどなくなった。ぼうっとしているときも多い。でも、話し始めれば頭は働いている。不可解だった。黄の龍神が来ないことに衝撃を受けているにしても。

まさか、誰かが大君に心術をかけているのだろうか。そんな考えに至ってぞっとした。自分以外に神ゆらぎが――心術使いが、斎庭か外庭に紛れて、密かに心術を使っている。そのせいで大君がおかしくなったとしたら……。

でもすぐに、ありえないと思い直した。大君の周りの女官にも官人にも、心術使いはいない。二藍自ら調べたから知っている。そもそも心術は心を開かせるが、今の大君は心を閉じているではないか。真逆だ。

「どういたしますか。このままでは黄の邦が干上がってしまう」

切り替えて尋ねた二藍に、「祭礼を続けるしかない」と大君は冷静に答えた。

「だが女御には荷が重いな。よって妃宮、お前に任せる。神は日を間違えているだけかもしれぬ」

「お言葉を返すようですが、神が日を間違えるとは考えられません」

「ならば、何度でもお呼びするしかないだろう。もう一度招神の宣を出す。万が一も考え、今度は招神使に巡察使を随行させる。それでよいな」

二藍らは頭を下げた。異存はない。

大君は御簾を出て、伏して嘆く女御に歩み寄った。肩にそっと触れる。

「女御」

「はい……」

「気を確かに持ってもらわなければ困る。お前は、次の春宮の母になるのだから」

その場の誰もがはっとしたが、みな一様に胸にしまっただけだった。

「――というわけで、大変困った事態になった。斎庭は龍神を招く努力を続ける。外庭も、旱害に備えて動くだろう」

館に集めた弾正台の女官らに、二藍は手短に告げた。女丁（はしため）の姿で柱に凭（もた）れた佐智が口を開く。

「で？　あたしたちはどうしたらいい」

「恐らく、明日になれば庭内はひどく動揺する」

「だろうな。なんせ神を招いたのに来なかったんだ。あたしはこんなの初めてだよ」

弾正台の女官たちも口々に同意した。招いた神がやってこない。それは斎庭の根幹を揺るがす事態だった。

ふいに、誰に向けるわけでもない苛立（いらだ）ちが膨れあがって、二藍は口元を引き締めた。動揺するなと命じねばならない二藍自身が動揺を欠片（かけら）でも見せるなど、あってはならない。

「落ち着け。まだ来ないと決まったわけではないし、斎庭の誰が悪いわけでもない。恐らくこれは、国の外の問題だ」

「国の外、ねえ」

「まあいい、とにかく動揺は全力で抑えろ。根も葉もない噂を言いたてる者は、少々手荒な手を使っても黙らせる。噂が広がり、他の神のもてなしに影響が出たら困る」

「そういう噂が流れたら、出どころを探れって話だな。承知した」

佐智は言うや夜闇に紛れた。他の女官らも席を立つ。

人の気配がなくなって、ようやく二藍は両手で顔を覆った。

どっと疲れが背を襲う。

思えば二年前、あの記神の訪れた日から、すべてがおかしくなっている。那緒が死に、春宮の寵妃も死に、春宮は……あの姿だ。大君は変わり、そして記神はまたやってくる。

避けられない破滅を携えて。

歯噛みしたときだった。

「二藍さま、大丈夫か？」

急に声が闇を裂いた。とっさに腕を下ろしたので、勢い余って脇息を強く叩く。見れば屏風の向こうに、綾芽が驚いたような顔をして立っていた。

――しまった。

「なんだ、いや、なんでもない。眠いだけだ」

誤魔化すように欠伸をしてみせる。綾芽は黙って身じろいだだけだった。気まずい思いで二藍は扇を開いた。

「……用でもあるのか」

「わたしもなにかできないかと思って。今の話を聞いたんだ」

「盗み聞きか？　困った娘だな」

少々大袈裟に言った。さきほどの場に綾芽は呼んでいない。だが別に、聞かせていけない話はしていない。綾芽は、身の回りの世話をする女嬬としてこの館に置いているから呼ばなかった。それだけだ。

「確かにお前を使えれば、こちらは助かるがな。お前はまだ多くの女官に顔を覚えられていないから、変装すればいくらでも紛れ込める。だがお前は、那緒の真実を突き止めるためにいるのだろう？　あくまでわたしは、お前がここにいて不自然でない程度に使っているが、それ以上ではない」

なにを言っている。これではまるで、それ以上であってほしいようではないかと思いつつ、二藍は言葉を止められなかった。

「お前は佐智や弾正台の女官たちとは違う。わたしの命で動かねばならないが、真実わたしのものではない。そうだろう」

「そうだけど」

綾芽は口ごもり、思い切ったように続けた。「でもあなたは困っているだろう。力になりたいんだ」

刹那二藍は、すべてをぶちまけたい衝動に駆られた。なにもかも話してしまいたい。春宮のことも、今国が置かれている状況も。綾芽をなんのために、ここに留めているのかも。

口を開きかける。しかし拳をきりきりと握りしめた。

——やめろ。すべてを無駄にする気か。

「……わかった。ならばあとで、佐智に話を聞いておけ」

細く息を吐き出して言えば、徒労感だけがあとに残った。

それからひと月。

大君の言った通り、黄の龍神を招く努力は続けられた。誰もが全力を尽くしたと言えるだろう。

しかし結局、次の日もその次の日も、何度招いても、龍神は来庭しなかった。

第三章　神命に人は屈す

「またお会いしましたねえ、梓」

神の衣服である繪服を嬪の妻館に運んで、縫司に戻る途中だった。人気のない小路を曲がった途端に呼び止められ、綾芽はぎょっと身を竦めた。変装がばれたのでは、と息が止まりそうになったのだ。

いまだ黄の龍神は来庭しない。黄の邦ではすでに民が旱害に苦しみ始めており、外庭ではなんとか被害を減らすために多くの方策が講じられている。もちろん斎庭でも、龍神の訪れのない黄の邦を救うための策は、さまざま取り沙汰されていた。野分の神を勧請する。山の口の神を厚くもてなし、山の蓄える水を分けていただく。

しかしどれもうまくいっていない上、二藍の憂慮の通り、斎庭では単に黄の龍神が来庭しないという問題ではなくなっていた。嬪らや後宮司の女官たちを中心に、妃宮の采配に問題があるだの、北の女御がしくじっただの、兜坂が神に見放されつつあるだの嫌な噂が次から次へ湧きあがり、二藍は懸命になって押さえている。

綾芽も女丁(はしため)に扮(ふん)し情報を集め続けていた。戦陣は恐怖と不安で崩れる。そして一度崩れると立て直せない。

だが綾芽の正体を見抜いたのは人ではなかった。酒の匂(にお)いが立ちこめる。いつぞやの官人姿の男が、目をかっと開いて笑みを浮かべていた。

「稲縄(いねただ)さまだな。先日は名のある御霊(みたま)と知らず、大変失礼をいたしました」

綾芽が頭を下げると、稲縄は少しがっかりしたように見えた。

「なんだ、祐宮(すけのみや)は教えてしまったんですね。あなたが神命を退けられるのか――果たして野に咲く朱(あけ)の宮花(みやはな)か、もう少し様子を見たら面白かったのに」

「様子を見ても意味がない。わたしは朱之宮の血を引いてなんかいない。当然、神命になんて逆らえない」

神命の前から人は逃れられない。逃れたのはただ一人、朱之宮だけだ。

「だといいですね」

綾芽にふうと息を吹きかけながら、稲縄は目を細めた。「本当にそうだといいですねえ。そうすればあの子も逃げ場がある。あなたを楽にして、自分も楽にできる。あんなに憎んでいるものに助けられるなんて、なんたる皮肉でしょうねえ。しかも実際は、ようやく手に入れかけた雛を自らくびり殺しているだけなんて」

「……なにを仰られている」

「いえ別に。あなたとわたしで、もっともっと追いつめてやりましょうねえ……」

袖を口に当てた稲縄は、ただただ笑いを堪えるばかりだった。


(いったいなんだっていうんだ)

佐智の妻館で湯殿を借りながら、綾芽は稲縄の言葉を考えた。妙に引っかかる。でも結局、考えても意味がないと思い直した。怨霊となった御霊はもはや人でない。言葉を真正面から受け取っても無駄だ。

館に戻ると、二藍は白丁に手伝わせ、着替えているところだった。平緒を締めているから、畏まった装いだ。外庭か大君の御殿に行くのだろう。

綾芽は簀子縁に座り、調べてきたことを話した。

「それではよからぬ噂を流しているのは山菅司の女官か。早く手を打たねばな」

「あまり厳しい罰にはしないでやってくれ。不安なんだ、きっと」

「だからこそ、気を確かに持ってもらわねば困る。だがお前の忠告は心に留めておこう」

じわりと首の後ろが熱くなった。二藍は近頃、まるで対等のように話を聞いてくれる。

細長い帯のようなものを手にとると、二藍は男を下がらせた。綾芽のそばに座り、少し楽しそうな顔をする。久しぶりに見た表情だ。

「昏い話ばかりしても仕方ない。さきほど目を通したが、なかなかうまくなってきたな」

なんの話かと思えば、朝に綾芽が書いた手習いを見ている。「だいぶ読める字になってきた。ほら見ろ。昔のわたしよりはもううまい」

どこからか引っ張り出してきたのだろう、古い手習いを横に広げた。綾芽は思わず、嬉々として覗きこんだ。

「本当か？」

「わたしが四つの頃と比べてだがな」

綾芽は喜びの形に開いた口から、そのままため息を吐き出した。

「おからかいなのだな。喜んで損した」

「普通に褒めても楽しくないだろう。うまくなっているのは確かだ。筋はいい」

「どうだか」と言いつつ、綾芽は頬が緩んでしまうのを抑えられなかった。

手習いどころではない状況が続いたが、それでも二藍はまめに面倒を見てくれている。お蔭で読む方はもう不安はない。二藍が神祇祐として処理している公文書の文案にだって目を通せるようになった。

二藍は、斎庭の文書院に入るための符(ふ)もくれた。二藍の求める文書を探してこられるように、というのが表向きの理由だが、本当は、綾芽がある程度自由に使えるようにしてくれたのだ。褒美(ほうび)なのか厚意なのか、はたまたもっと深い策略の果てなのかはわからないが、それでも綾芽は嬉しかった。

「ところで、これからどちらに？　畏まった装いをされているが」

朱を入れた手習いを受け取り、綾芽は尋(たず)ねた。「それにその、手に持つ細帯は？」

二藍は言いたくなさそうな顔をした。

「これか？　目隠しだ」

「目隠し？」

「黄の龍神の件で、大君と伯父君(おじぎみ)が揉(も)めていてな。それで鶏冠宮(けいかんぐう)に行く。わたしは仲裁役だ。仲裁できるとも思えんが」

「それはご苦労さまだが、なぜ目を隠す必要があるんだ」

「ああ、知らなかったか？　鶏冠宮に行くとき、わたしは目隠しをせねばならんのだ」

「どうしてだ。まさか、外庭の官人が心術を警戒するからか？」

さすがにひどい話ではなかろうか、と綾芽は憤(いきどお)った。二藍の心術を、斎庭も外庭も都合良く利用しているのに。二藍は隠しているつもりのようだが、心術を使ったあとひどく体調を崩すのも、綾芽はとっくに気づいていた。

しかし、「大した話ではない。とにかくお前は室に戻っていろ。もうすぐ迎えが来る」と言われてしまうとどうしようもない。綾芽は室に下がった。

綾芽の室は、二藍の寝所である東の対とは本殿を挟んだ逆側、細殿にある。狭くとも、こざっぱりとして過ごしやすい。しかし落ち着かず、結局綾芽は庭に下り、炎楓の陰から二藍の座る本殿を窺った。

ちょうど孤を石帯に下げた男が数人、二藍の前にやってきた。綾芽は目を疑った。目隠しをした二藍は、一人では牛車まで歩けない。よって官人がつき添うのだが、それが手を引くわけでも肩を貸すわけでもなく、離れた所から細竹を差し出し、それを二藍に摑ませる、というものだった。頼りない先導に、二藍はすぐに畳の端でよろめいた。

気づいたときには、綾芽は飛び出していた。

「なんだお前は」と驚く官人に目もくれず、細竹から二藍の手を引き剝がし、自分の肩に乗せる。

「……梓か？」

二藍の声に戸惑いと苛立ちが混じるのがわかったが、やめるつもりはない。

「わたしがお連れいたします。段差があればお知らせしますから」

それから官人を威嚇するように睨んで、さっさと歩き出した。二藍は諦めたのか、黙ってついてくる。安堵が生まれ、すぐに怒りに変わった。

「なぜわたしを頼ってくださらなかった。言ってくれれば、最初からこうしたんだ」

牛車に乗り込んですぐ、綾芽は二藍の眼から帯を取り去ってやった。着いたらまたつければいいのだ、こんなもの。腹が立つ。

「わたしは室に戻っていろと言ったのだがな。あまり見られたいものではない」

「あんな屈辱を我慢する方が、よっぽど嫌だろう」

「お前は男心をわかっていない」

「そんなものくそくらえだ」

勢いに任せて吐き出すと、二藍は笑って視線を外した。

「お前は怒ると、なかなか威勢がいいな」

「そうやってすぐに目を逸らすのも、心術を気になさっているゆえか？」

「考えすぎだ。わたしはずるい男だからな。心中を読まれないよう目を逸らす」

「違うな。あなたは気が優しいんだ。だから相手を心配させないように、怖がらせないようにしている」

二藍は、わざとらしく笑い声を上げた。

「笑い飛ばして誤魔化すつもりか？」

「そういうわけではないが」

「とにかく、わたしとは目を合わせてほしいんだ」

「なぜだ？」

「わたしもここに来て、それなりに刻が経った。もうあなたを信じている。だからそれをちゃんと伝えたい。目を見て話がしたい」

唐突に二藍は笑いやんだ。綾芽はついに、二藍が心の内をさらけ出してくれるのではないかと期待した。しかし二藍は、「そうか」と読めない微笑を浮かべ、視線を目隠しの帯に落とす。そのまま再び帯を巻くまで、綾芽を見ようとはしなかった。

ついたのは木雪殿という小さな御殿だった。二藍は殿上でも先導せよと綾芽に命じたが、なぜか、遠回りをするようにも指示した。言われた通りに渡殿を進んでいくと、奥から言い争うような声が聞こえてくる。二藍は立ち止まるよう、綾芽の肩を引いた。

「大君も、此度の旱害の原因はお認めでしょうに」

「だからといって、お前の言は早計に過ぎる」

「なにが早計か。もはや遅すぎるくらいでしょう」

大君と、その伯父の石黄だ、と二藍が囁いた。二藍は会話を盗み聞くために、わざと遠回りをしたようだった。

黄の龍神の、突然の変心。

今や斎庭では、間違いなく玉央が関係していると噂されている。黄の龍神は、玉央と兜坂、どちらでも祀られる神である。まず玉央の西に雨を降らせ、その後黄の邦を訪れるのが常だ。よって祭礼も、まずは玉央で、次いで兜坂で行われる。しかし今、黄の龍神は来庭しない。すなわち黄の龍神は、玉央の斎庭に留め置かれていると考える他にない。

二藍は、玉央の警告だろうと考えていた。黄の龍神を玉央に留め置くとは、玉央に長雨が降り続けることに他ならない。玉央にとっても諸刃の剣だが敢えてそうするのは、玉央は、いつでも兜坂の招神を――ひいては国そのものを――めちゃくちゃにできると脅しているのだ。

朱之宮の御代からこちら、玉央は兜坂とつかず離れずの関係を続けてきた。しかしここにきて、なぜか再び兜坂に手を伸ばそうとしている。二藍はそう言った。かつての朱之宮の御代のごとく、祭祀を預けよという親書を、すでに何度も送ってきているのだ。

石黄は、穏やかに諭すように続けた。

「大君、もう昔とは違うのです。我々は、我々の神だけを招いていればよい時代ではない。

玉央はこれから神を用いて、我が国の力を削ぎにかかるでしょう。しかしもし我々が玉央の提案を呑めば、このような事態は起こりえません。外庭の戦や外交だけが駆け引きではないのですよ」

「だから玉央の言う通り、この斎庭を捨て、祭礼をすべてあの国へ任せろと？　戦わずして負けろと言っているようなものだ」

「もはやそれしかありますまい。記神が訪れれば、どのみち破滅。あなたは国を滅ぼしたいのですか？　民と祭礼、どちらが大事なのです」

二藍の手に力が入った。次に大君がなんと答えるか、耳をそばだてているのだ。

「だが……」

と言うや大君は口を引き結んだ。悩んでいるようだった。けれど急に、唐突に無表情になって、「いや、ならぬ」と短く告げた。

「なぜです！」

「ならぬものはならぬ」

声にも抑揚がない。

（どうしたんだ）

綾芽は思わず眉を寄せた。さきほどまで確かに血が通った男だったのに、今は冷たい銅像のようではないか。

と、

「そう急いても仕方ありませんよ、伯父君」

二藍が、よく響く声を上げた。同時に、歩き出すよう綾芽を促す。「祭礼を放棄して、事態が好転するとはとても思えません。むしろ今よりひどいことになる。玉央が我々のために手を尽くすわけがないでしょう。山が火を噴き、川が溢れたとして、どれだけ早く我々のために神を呼んでくれますか？　むしろこれ幸いと国が弱るに任せるか、ここぞとばかりに恩を売るだけだ」

二藍は、四方を御簾で囲まれた畳の上に座した。目隠しを解いて皮肉そうに笑う。石黄は息をついて座り直し、わずかに眉を顰めた。

「考えすぎだ、二藍。もし我々が玉央の祭礼に従えば、玉央にとって我らはもはや敵ではない。同じ祭礼の下にある仲間のようなものだ」

「ゆえに、我々が飢える真似はしないと？」

「そうだ」

「甘い。玉央が、西の銀台の国々と対抗するために、兜坂の玉や金やらを喉から手が出るほど欲しがっているのはご承知でしょうに。なのに兜坂を攻めあぐねているのは、海を挟んでいるからだ。我々が独自に神を招いているからだ。もし招神の自由を失えば、雨も風も土も、すべてを握られる。国を明け渡したも同じ。朱之宮が、命を賭して玉盤神から国を守った理由をお忘れか？」

「もちろん忘れてなどいないが」

と石黄は息を吐いた。「しかし二藍、お前は間違っている。来るいつかの心配をするより、まずは今の苦境を脱するべきなのだ。民を考えよ。祭礼の主が兜坂であれ、玉央であれ、民が健やかに生きられればよし。それが我々の役目ではないかね」

「わたしはこの場が兜坂の斎庭であるまま、民を生かしたいのです」

「土台無理な話だ。記神の訪れまで、もうひと月もないのに」

「まだひと月あるではないですか！」

二藍の気迫に押されたように、石黄は押し黙った。やがて肩を大きく上下させ、諦めたように、「滅国だけは招いてくれるな」と呟いて、微動だにしない大君に向き直った。

「大君、どうぞご熟慮ください。記神が来庭するまで、もう刻はありません」

「わかっている」

と大君は答えた。最後まで、瞬きすらしなかった。

「神とは結局、態の偏りなのだ」

木雪殿から戻る牛車の中で、二藍は言った。どことなく心細く聞こえるのは、両目が細帯で隠されているからだろうか。

「わたしたちは、人にとって良き方に偏った態を神と呼ぶ。豊作をもたらす田の神や、ほしいときに雨を降らす龍神。朱眼大将軍もそうだ。ありがたい偏りだから厚くもてなす」

逆に人にとって欲しくないものをもたらすのが荒れ神だ。ゆえに人は鎮めようとする。

「だが神からすれば、どちらも同じく偏りに過ぎない。人がどんなに祭礼に躍起になろうと、長い目でならせば良き態も悪しき態もやってくる。九重媛は、数千年に一度は必ず国中を焼き尽くす。つまり祭礼とは、ただ良き状態を前借りして、悪しき状態を子孫に押しつけているに過ぎない」

「でもそれでいいんだろう？　だからこそわたしたちは、神から良き態を引き出せている間に頑張るんだ。灌漑を整え、強き作物を選び、十年に一度の豊作が八年に一度、六年に一度となるよう努力する」

神を招くとは単に、良きことの前借りに過ぎない。良きことが起こりやすくなっている間に、いつか起こる悪しきことに耐えられるようにする。

「神頼みではなく、神に平穏を借り、自らの足で先へ行く。兜坂の招神はそのように行われてきたと聞く」

「ほう。朱野の邦に立派な師でもいるのか？」

二藍は感心したようだった。恥ずかしくなって、綾芽は小さな声で返した。

「いや、よく那緒（なお）とそういう話をしたんだ。あの子が凄（すご）かったんだよ。わたしはなんにも知らないから、いつも教えられた」

「己（おのれ）を卑下（ひげ）しているのか？　わかっていないな。そういう話は、同じものを同じ場所から見る者相手だからこそ成り立つ」

「そうなのかな」

「間違いない。わたしは正直、お前たちがうらやましい」

ぽつりと足された一言に、綾芽の胸は痛んだ。斎庭の人々はみな才がある。でもきっと、二藍と同じものを同じ場所から見る者はいない。

なにを言っていいかわからなくなり、綾芽はさきほどの話に戻った。

「あなたは頑として、祭礼を受け渡すことに反対なさっている」

「当たり前だ」

「兜坂と神のあり方が好きなのだな、きっと」

「どうだかな。神などみな恨んでいる。わたしは神ゆらぎゆえ」

「……余計なことを言った」

「だが玉盤の神よりは、はるかに兜坂の神を好んでいるのは確かだ。玉盤の神など、いつかこの国から追い出してみせる。必ず、わたしの目が黒いうちに」

二藍の声には、決意が滲んでいた。「玉盤の神は定める神だ。人の道、国の道を勝手に決めつけ、命じ、断罪するのが本質だ。兜坂で神命を使うのは、稲縄のような怨霊くらいだろう？」

どんな荒れ神でも、綾芽たちの心を変えて、動かそうとはしない。神はただそこにある。それが兜坂の神だ。

「だが玉盤神は違う。あれは人に似ていて、人とまったく異なる尺度を持つなにかだ。その尺度に人を従わせようと神命を下す。人の心を押さえつけて変えようとする。自らの理屈を乱す国はあっさりと切り捨てる。まるでわたしのようで嫌になる」

綾芽は一瞬唖然として、それから首を横に振った。

「まったくそうは思わないが」

「そうか。ところで、お前は大君をどう見た」

あっさりと話を逸らされた。気安めを口にしたわけではないのに、と綾芽は悔しくなったが、意図を汲むしかなかった。この男は、慰めを求めているわけではないのだ。求めてくれればよかったのに。

「あなたが言っていた通りだな。さっきも、途中までは石黄さまの進言を受けるか悩んでいらっしゃったんだ。なのに、急に感情が消えたみたいに、否の一点張りになってしまった。なんというか──」

　那緒の一件以来、大君はすべての者を疑っているという。しかし綾芽には、猜疑心に固まりきった王には見えなかった。どちらかというと。

「──心を閉じた置物のようだ。誰の言葉も、何者の心も受け付けない。そんなふうに見える」

「なるほど、言い得ている。笑いたいくらいにその通りだ」

　言葉に反して、二藍は苛立っていた。抑えようとしても抑えきれない。それにまた苛立つのが、手にとるようにわかる。

　──『記神が訪れたら、どのみち破滅』。石黄の声が綾芽の脳裏をよぎった。

「……なあ、二藍さま」

「なんだ」

「心術を使ってみたらどうだろう」

　思い切って言ってみれば、前簾から淡く差し込む光に照らされた二藍は、途端に肩を強ばらせた。

「なにを言っている」

「大君に心術を使うんだ。そうしたら、なにを考えているかわかる。もし大君に魔の手が迫っているとしても、真実を知ればあなたがお守りできるだろう」

二藍は声もなく目隠しを取り去った。黒い瞳に睨みつけられる。思わぬ眼光の強さに一瞬言いよどんだが、綾芽はそれでも続けた。

「大君だけじゃない。上の御方みなに使ってみればいい。きっと那緒の死は、わたしが思う以上に深刻なものと関（かか）わっているんだろう？　ならばあなたを悩ますそれを、はっきりさせてしまうんだ。そのためにあなたの力は――」

「わたしに、人をやめろというのか」

震える声が刺さる。綾芽は、自分が踏みこんではならぬところに踏みこんだと悟った。

「そうじゃない、二藍さま――」

「そうだな、それがいい。わたしが馬鹿だった。自分かわいさに、自分に馬鹿げた、人ならざる力があるのを棚に上げていた」

二藍の怒りが突き抜けて、冷えていく。目隠しの帯を投げるように置いた。

「だが、大君に心術を使うのは最後の最後だろう。使ったらもう道は二つに一つしかない。

わたしが自ら首を掻き切るか、その前に周りを殺し尽くすものになり果てるか」

短く息を吸う。二藍は低い声で命じた。

「お前はなにも悪くない。悪いのはすべてわたしだ。数日暇を与える。どこにいてもいい。だがわたしの前に顔を出すな」

綾芽は口を開きかけて、震えて閉じた。なにも言えなかった。こういうときに必要な言葉を持っていないのだ。いらないと言われたら、諦めるばかりの人生だったから。

ただただ後悔が胸を押しつぶす。いつのまにかなんでも——斎庭のことも、二藍のことも——わかったつもりになっていた。浅はかな考えで、二藍を深く傷つけてしまった。


言った通りに、二藍は綾芽に暇を与えた。

数日が経った昼下がり、綾芽はとぼとぼと、夫人の妻館の築地塀が続く小路を西へ歩いていた。夕膳の儀の準備も佳境といった時分で、両手に籠やら筥やらを抱えた女官たちが小走りに行き交っている。手ぶらでうつむき歩く綾芽のような者は、他に一人もいない。

その寄る辺なさに、ふいに里にいた頃を思い出した。あの頃いつも感じていた。胸にあいた大穴を風が吹きすさぶような寂しさ。久しぶりの感情で、それがなぜかと考えるに至り、余計に寂しくなった。

遠雷を聞いて、肩越しに振り返る。斎庭の檜皮葺きの屋根の向こうに、遠くそびえる匳の山々がちらと見えた。黒い雲が覆っている。雷雨になりそうだ。稲縄の顔を思い浮かべ、綾芽は少しだけ歩を速めた。

外庭と隣り合っているからか、斎庭の西側には重要な御殿がずらりと立ち並ぶ。妃宮の御座所殿のすぐ西には鶏冠宮がある。その北には、先代の大君と婚姻関係にあった花将らが勤める天梅院、翻って南に下れば女御内、続いて朱色の塀――春宮の尾長宮。その尾長宮の手前、膳司と向かい合うようにある門のうちに、綾芽は入っていった。斎庭内外の文書を保管する、文書院である。

書司の女官に割り符を見せて、足を踏み入れる。これが、ここ数日の日課だった。暇を与えられた今、文書を紐解くくらいしかやることがない。幸い疑問は次から次へと湧き続け、朝から晩まで調べていても時間は足りないくらいだった。

でもふとした瞬間に、歪んだ双眸を思い出す。

自分がひどく動揺しているのが、綾芽には信じられなかった。ここに来たのは、那緒の死の謎を解くためだ。那緒の汚名を雪げば、もうどうなってもいいと思っていた。

(だから今の状況は、願ったり叶ったりのはずなんだ)

上の御方を自分の目で見た。暇も与えられた。文書も調べ放題だ。

なのに空しい。

かぶりを振って、書几の前に座った。木筥から取り出した巻子を開く。

那緒が春宮の寵妃を殺したのは、ちょうど玉盤神である記神が来庭する日だった。ずっと気に留めていなかったが、今ではこの日だったことこそ重要な気がしている。

記神とは、朱之宮の時代に初めて斎庭を訪れた神だ。

玉盤の神とは一柱ではない。それぞれひとつの理を抱き、行使する神の集まりだという。玉央にある広大な神池の上で、人の世のように宮廷を構えていると言われているが、定かではない。

少なくとも、決められた間隔で兜坂を訪れるのはこの記神のみだった。数年に一度来庭し、記する神。王に白璧、春宮に碧玉を与え、それぞれを持つ者をその国の王と春宮として神書に記す。それだけの神。

最初、玉盤の神の中ではましな方だな、と綾芽は思った。号令神なる神など、国々の一つに、唐突に滅国を号令するという。滅亡により生まれた変化が、玉盤をより栄えさせるから――というが、号令された国は滅亡を避けられない。理不尽すぎる。

しかし読み進めるうちに、記神も理不尽な存在には相違ないと気づいた。確かに記神は、白璧と碧玉を持つ者を記すだけだ。しかし、もし来庭の際に二つが揃っていなかったり、受け渡しがうまくいっていなかったりすると、たちまち滅国を宣するという。『南紗の惨』の逸話がいい例だ。

南紗の王はある日、碧玉の主である春宮を病で亡くした。死した春宮から新たな春宮へ碧玉を受け継ぐには、面倒な手続きが必要だ。死んだ者は玉を渡せない。ゆえにまず記神の前で一度、碧玉を王のものにすると宣言する。のちに、新たな春宮へ渡す。

それで王は、碧玉の主を自分に替える儀式を行うため記神を招いたという。しかし不幸にもその日、王までもが病で身罷った。こうなると困った事態になる。死した王の白璧を継ぐには、今度は逆に春宮が王の白璧を自らのものとし、のちに新たな春宮に碧玉を渡す儀式が必要だ。しかし王と春宮のどちらも喪った南紗には、その術はなかった。

そして国にも人にもなんの落ち度もなかったのに、南紗は滅国したのである。神の定めた法に従わなかった、ただそれだけで。

他にも白璧を拭き清めていたとき、ほんの少し傷をつけてしまったら滅国を命じられたとか、供物の数を間違えただけで滅国だとか、恐ろしい逸話は枚挙にいとまがない。

(二藍さまは、那緒のせいで滅国しかけたのだと言っていたな)

那緒はあろうことか、春宮が捧げる供物に春宮の寵妃の首を忍ばせた。滅国しなかったということは、記神は首も供物として受け取ったのだろうか。

――だめだ。やっぱり読んだだけじゃなにもわからない。

綾芽は歯がゆい気分で巻子を閉じた。

二藍の伯父の石黄は、次に記神が来たらもう終わりのように言っていた。きっと那緒の件はまだ結着がついていない。最悪な形で尾を引いている。

でも二藍は、最後まで足搔こうとしていた。

（そんな二藍さまに、わたしは心術を使えばいい、なんて安易に言った）

また後悔と苛立ちが湧きあがる。那緒の死を知ったときから、ずっと綾芽を追い立てている。なにもできなかった悲しみ。なにもできない苛立ち。

結局綾芽は知らないのだ。心術を使いたくない二藍の苦しみも、心術がなんなのかも。女官の誰に訊いても、心術を詳しくは知らない。教えられていない。どれだけ調べても、心術について書いてあるのはただ一言。『神ゆらぎは心術を使う』。それだけだ。

文書院を出たときにぽつぽつと落ちていた雨粒は、すぐに叩きつける雨になった。走り出した綾芽だが、目の前に落ちた稲妻にたまらず身を翻す。二藍の館までは戻れない。どこかで雨宿りさせてもらうしかない。適当な建物を探していると、「おーいそこの娘、こちらだ」と男の声がした。助かった。綾芽はぬかるむ道を走り、声のする方へ駆けこんだ。

いずれかの宮の裏門らしき小さな門をくぐり、目に付いた屋根の下に入った。濡れた顔を拭き、声の主を探す。

　雷光に照らされたのは、稲縄の微笑みだった。綾芽はそのとき初めて、この宮を囲む塀が赤く塗られていると気づいた。

　ここは、尾長宮だ。

　し、と稲縄は指を口に持っていって、御殿の中を指した。導かれるように綾芽が見たのは、黒の官服に身を包んだ貴族が太刀を抜き放ち、二藍に突きつけている姿だった。

　綾芽は青くなって駆けだそうとした。しかし身体が動かない。「だめですよ。動いては、梓」耳元で声がする。稲縄の声だ。

　綾芽はただ、その光景を見つめるしかなかった。

「おや、どうなされた。そのような物騒な代物をお出しになるとは」

　太刀を向けられているにも拘らず、涼しい顔で二藍は言った。一方、高位の武官らしき貴族は、今にも二藍の首を刎ね飛ばしそうだ。

「誤魔化されるな祐宮。今日という今日は、春宮に会わせていただく」

「できかねますね」

「そうだろうな。なぜなら春宮は……お前が殺してしまったのだから！」

　まさか、と綾芽は息を呑んだ。

しかし、「なにを仰る」と二藍はせせら笑う。「春宮は壮健であられますよ」

「誤魔化すな。わかっているのだ。もう二年も春宮がお姿を見せぬのは、お前がその位の簒奪を画策し、あの御方を手に掛けたからだ」

「面白いことを仰せだ。ならばとっくに春宮の死は公にされているのでは？」

「いきなり死んだなどと言えば、みなが訝る。それでお前は、春宮が病で臥せっていると見せかけて、みなの目を欺いているのだ」

「大君や妃宮の目もですか？　そんなの無理だ」

「いや無理ではない」

と男は二藍を睨み据えた。「なぜならお前が、大君や妃宮に心術をかけて、その心を操っているからだ」

「……ほう」

「大君だけではない。今まで春宮のご様子を訝った者は多くいた。この尾長宮に乗り込んだ者もいた。なのにみな、帰ってくるなり口を揃えたように『春宮はご壮健にあられた』と言う。操られたようにな。操られているのだ。お前が操っているのだろう」

「だとしたらどうするのです」

「外庭に引き出し、その首を刎ねる」

二藍は数度瞬きして、声を上げて笑いだした。

「やってみればいい。みなそう言う。だが誰もできなかった。なぜだかわかるか」

挑むような笑みに、男はわずかにひるんだ。しかしすぐに口を引き結び、二藍へ向かって太刀を構える。

「我が意も操るつもりか。できぬぞ。目を赤くしてみろ。刹那この太刀がお前の首を刎ねる。王弟だろうが構わない。わたしの命一つで国が救えるなら安いものだ」

「その決意だけは賞賛しよう。だがお前は必ずこう思う。春宮はご壮健であった、とな」

「まだ言うか。この化け物が！」

怒声とともに、男は太刀を振りかぶった。綾芽は声にならない悲鳴を上げる。

しかし二藍は落ち着いていた。男に笑いかけたまま、背にした御簾をすいと持ち上げる。

「春宮はご壮健であったのだ。これを見れば、そう語るしかなかろう。国のためを思えば、お前はそう言う外にない。そうだろう？」

男の腕はぴたりと止まった。

「……その通りだ」

やがて、のろのろと太刀を下ろした男は、力なく座り込んだ。「祐宮の仰る通りだ。わたしはなにを馬鹿げた真似をしたのだろう。お許しいただきたい」

深く頭を下げた男に、二藍は冷たく返した。

「許す」

まったく動じていないように思えた。自らを殺そうとしていた男が、突然伏して謝り始めたというのに。

男は涙を流し何度も詫びて、二藍のもとを去っていった。

綾芽は震える手で衣を握りしめた。いつの間にか雨は止み、稲縄も消え、身体の自由が戻っていたが気づかなかった。音を立てずに去らねば。それだけで頭がいっぱいだ。

なのに後ずさった途端に、力の入らない足がぬかるみにはまって派手な水音を立てた。

ああ、と綾芽は絶望の面持ちで御殿を見上げる。

振り向いた二藍の顔は、恐ろしいくらいに真っ白だった。

「……見ていたのか」

問われ、綾芽はとっさに、自分の手に視線を落とした。でも否定できない。

もう、尋ねるしかなかった。

「心術とは……目を合わせた者の言が真実かわかるものではなかったのか」

二藍がやったのは、そんな生半可な術ではない。男の心は瞬く間に変わってしまった。

二藍が変えたのだ。まるで神命だ。人は逆らえない。

二藍は長く黙って、「そうだ」と掠れた声で呟いた。

「ごく力を緩めれば、相手は真実しか言ってはならぬと思うようになる。普段使うのはその程度だから、多くの者はそれこそが心術だと信じている。そもそもわたしは、めったにそれすら使っていない。目を赤くして、使っているふりをしているだけだ。だが本来の心術とは神命に同じだ。ああやって人の心を変えることすらできる。神のように」

「――だったら」

訊きたくない。でも訊かずにはいられない。「だったら、あなたはわたしの心も操れるのか。……操ったのか？　今わたしがあなたに抱いている感情は、わたしのものではなかったのか？」

二藍の瞳が揺れた。倒れるのではと思うくらい蒼白な面の中で、瞳だけが揺れている。

「……わたしがなんと答えようと、お前は信じられぬだろう」

「そういう答えがほしいんじゃない」

「今まで誰一人わたしを信じなかったのに、お前が信じられるわけがない」

だからそうじゃない、と綾芽は叫びそうだった。どちらだっていい。はっきりと言えばいい。その上でどう考えるかは綾芽が決める。なぜ最初から答えを決めつける。

「二藍さま、わたしは――」

「黙れ綾芽」

声が出なくなって、綾芽は愕然とした。

「わかっただろう。これがわたしの本性だ。今見たものは忘れさせる」

やめてくれ、と綾芽は心で叫んだ。なかったことにされたら、なにも前に進まない。

「忘れてしまうゆえに明かすが」

二藍は諦めの笑みを浮かべた。「お前の心をはっきりと変えるのは、本当にこれが初めてだ。できれば最後まで、知られたくなかった」

せめてもの抵抗に、綾芽は目を強く瞑って必死に考えた。やめてほしい。変えないでほしい。それをしたら終わりだ。わたしじゃなくて、あなたが傷つくだけだ。

変えないでくれ。変えないで……。

目を薄く開いて、綾芽は両の掌を見た。大丈夫、覚えている。……なぜ覚えている。

はっとして、弾かれたように顔を上げると、二藍はぐったりと頭を垂れていた。

こういうことはままあるらしい。泣きそうになりながら弾正台から引っ張ってきた武官は、綾芽の動揺をよそにてきぱきと二藍を局に休ませ、同じく神ゆらぎの石黄を呼んできた。様子を見た石黄は、とくに心配するほどではないと言って、綾芽を安心させた。

それから二藍が目覚めるのを待つ間、綾芽は石黄のそばに控えて、御殿の壺庭を眺めていた。話をしたいと引き留められたのだ。

尾長宮の壺庭は人の手が入らなくなって久しいようで、敷かれた小石は苔むしている。二藍の館の庭に少し似ている気がする。同じように感じたのか、二藍の伯父は目を細めた。

「あの子は変わっていてな。みなが池に船を浮かべている間、せせこましい、陰鬱な庭を造る。だがいざ目の前にすると、不思議とそれはそれで良い」

綾芽はうつむいた。なんと答えればいいのかわからない。心を操られそうになった衝撃をやりすごせていないのか。今こうやって考えていることすら、自分から生まれたものなのかわからなくて不安なのか。二藍は初めて綾芽の心を変えようとしていると言ったが、それすら嘘で、すでになにかを忘れているかもしれない。

本当は、とっくに答えは出ている。どっちでもいい。どうだっていいのだ。

「神ゆらぎとは、孤独でな」

と石黄は穏やかに言った。「わたしのような、心術を使えない程度ならいい。だが二藍は特別に神気が濃い。あれは神命のごとき心術まで使う。目の色すら変えずにな。そのせいで恐れられてきた。ずっと一人だった。ゆえに誰も信じられない。かわいそうに」

石黄はじっと、立ち枯れた賢木へ目を落とす。だからこそ、と静かに綾芽を見やった。

「どうか味方でいてやってくれ。あれが死のうとするなら、その身を賭しても止めてくれ。そういう者が、あれには必要なのだ」

吸い込まれるように優しい瞳に、綾芽は深くうなずいた。石黄は、誰より二藍のことを案じ、理解しているのだ。安堵と共に、どうしようもない寂しさが心に忍び込む。

『今まで誰一人わたしを信じなかった』。そう言った二藍の声が忘れられない。

「――しようもない約束をさせる伯父君だな」

石黄を見送り帰ってくると、さきほどまで石黄が座っていた場所に二藍が佇んでいた。

「身を賭して止めたりしなくてよいからな。だいたいお前より先に死ぬものか」

いつも通りの言い草にほっとして、綾芽はごく自然に、隣に座った。

「お身体は辛くないか。本気の心術は、ひどく負担になると石黄さまから聞いた」

二藍は悔しそうな、ばつの悪そうな、なんとも言えない顔をした。

「……しくじったな。お前の心を変える前に寝てしまった。とんだ失態だ」

大丈夫そうだ。綾芽は笑って言い返した。

「これに懲りて、二度とわたしの心を変えようなどとは思わないでくれ。わたしもあなたが荒れ神になるところなんて見たくないし、殺されたくもない」

冗談めかしたが、本当は笑い事ではない。神ゆらぎは心術を使えば使うほど、神に近づく。ある一線を越えればもう人でなくなり、荒れ神へと変じてしまう。そう石黄は言っていた。二藍は、自らの人である部分を削りながら心術を使っているのだ。

二藍はちらと綾芽を見て、不満げな顔をした。

「お前には恐怖心というものがないのか」

「普通にある」

「ならば少しは怯えた方がよいのでは？　またわたしに心を操られたいのか？」

そうくるか。綾芽は目を逸らす二藍をわざと覗きこんで、にっこりとした。

「脅しは通じないからな。わたしの心をいじったことなんてないくせに」

「驚いた。わたしの言い草を信じているのか？　純粋だな」

「いや？　あなたは心術を使うと、あからさまに体調を崩すだろう。もしわたしの心を変えるなんて大技を使って臥せるようなことがあったら、さすがに気づく。それだけだ」

「随分自信がありそうな物言いだ」

「あなたを信じているからな」

脇息に凭れていた二藍は、黙って扇を顔の前に広げた。やんわりとした拒絶に、綾芽は苦しくなった。

「あなたは、わたしが信じているとは信じられないのだな」

ならば信じられるまでそばにいる。本当はそう言いたかった。でも言えない。綾芽の命は、那緒のためにある。それだけは変えられないのだ。

二藍はやがて、扇を持つ手を静かに膝に置いた。

「来い。春宮に会わせよう」

朱塗りの尾長宮の塀は、日が陰ると澱んだ雰囲気を醸し出す。気のせいかもしれなかった。単にこの場であったことが、綾芽の心に影を落としているだけなのかもしれない。

二藍の足は、さきほど外庭の貴族と渡り合った御殿へ向かっていた。綾芽は両手を握り、後ろをついていく。かつては春宮を囲む妻妾で華やかだっただろう御殿は静まりかえっていて、裸足の足に床はひどく冷たく感じられた。出会う女官はほんの数人。他はどこへ行ってしまったのだろうと綾芽は思った。二年前の事件のあと、二藍が心を操り別の場所へ連れていったのだろうか。

「こちらだ」

先を行く二藍の足がようやく止まった。歩み寄った綾芽は、息を呑みこんだ。壁代と几帳の張り巡らされた奥に、褥が一つ。若い男が眠っている。紫の袍を身につけたまま、胸の前で手を組んでいた。よく見れば手は組まれているわけではなく、桃ほどの大きさの玉を握りしめている。

「碧玉だ。これを持つ者を、記神は春宮として認め神書に記す」

「ではこの方が、春宮」

二藍は黙ってうなずいた。綾芽はそっと男のそばに膝をつく。規則正しく上下する胸。しかし死人のように、首から上を布が覆っている。

「眠っていらっしゃるのか」

「ならばよかったのだが」

二藍は綾芽の隣に座った。春宮の首を覆う布をつまみ、思い切ったように捲りあげた。

あ、と綾芽は悲鳴を上げて飛び退いた。布の下には枕が一つ。他にはなにもなかった。春宮の首から上は消えている。

息ができなくなった綾芽に、二藍は冷たい水を飲ませた。ゆっくり喉を潤すうちに、心はどうにか落ち着いてくる。代わりに疑問が膨れあがった。

「なんだこれは。どうなっているんだ。これは本当に春宮なのか？」

胸は上下しているから生きている。しかし首から上はない。刎ねられたように。それでも血の一滴も流さず、春宮は温かい両の手で碧玉を握りしめている。

「確かに春宮だ」

「生きているのか？　それとも……死んでいるのか」

「どちらでもなく、どちらよりも悪い。死んでいないし、生きてもいない」

二藍は、苦渋に満ちた声で言った。「しかしこうするしかなかった。滅国を避けるには、春宮を犠牲にするしかなかったのだ――」


二年前、記神の訪れを前に斎庭には緊張が走っていた。二年に一度、玉央から招く神。かつて朱之宮に、祭礼を放棄した王の証である金印を押しつけようとして、そして拒絶された神。

しかし齢十五の春宮だけが、その緊張とは無縁だった。

「よいですね、春宮。記神があなたを指したら、まず碧玉を両手で頭上に掲げ、『我こそ春宮なり』と真名を名乗るのですよ。それから供物を九種捧げます。春宮自らが蓋を開け、一つ一つを差し出し、最後に――」

「何度も言わずともわかっている。二藍は小うるさい男だな。妃宮と同じ、くそ真面目で面倒だ。いつも通り、石黄が教えてくれればよかったのに」

慕う大伯父の名を挙げて揶揄する春宮に、二藍は我慢強く続けた。

「石黄さまでも、此度は厳しくなされるでしょう。もう加冠された以上、お一人で次第をこなさねばならないのです。記神は兜坂の神とは違います。少しの間違いも許さない。怒りを招いて滅国を命じられぬよう、よく次第を確認していただきたい。すべて諳んじられるようになるまでは、お立ちにならぬように」

「すべてだと？」

「ええ、聡明な宮ならば、今日一日かければ終わるでしょう」

春宮は不服そうだったが、渋々と巻子を取り上げた。

その様子に、二藍は不安に襲われていた。春宮は祭礼に列するようになって一年に満たない。そもそも早くに死んだ妃の子で、斎庭の外で外祖父に育てられたから、わからぬことも多かろう。それにしても玉盤の神を舐めているとしか思えなかった。普段二藍が接する春宮づきの花将たちはよく務めていたから、これは想定外だった。

しかし思い返せば、その気配はあったのだ。春宮は、祭礼を司る花将との信頼を深めず、もっぱら女御の一の雛とばかり過ごしているという話は、ちらちらと、それとなく花将らから漏れ聞いていた。

と、「覚えたぞ」と春宮は巻子を放り出した。二藍は驚いて御簾越しに宮の顔を見た。

「本当に、覚えられたのですか」

「だからそう言っているだろう」

すらすらと次第を諳んじ、春宮は二藍を睨めた。「お前はわたしを馬鹿だと思っているな。女と遊んでばかり、斎庭の重みも知らぬ若造だと。だがわたしに言わせれば、滅国に怯えつつ記神を招いている斎庭の方が馬鹿だ」

「……招きたくて招いているわけではありません」

「白壁を返せばいいだろう」

「……は？」

笑う声に、二藍はなにを言われたのかわからなかった。

「白壁を返し、金印を頂けばいい。そうすれば記神の訪れはなくなる。金印の主を確認するのは玉央の属国史、つまり人だ。記神に突然滅国を命じられることは、絶対にない」

「なにを仰せか。白壁を返すとは、祭礼を玉央に明け渡すということです。戦わずして国を失うようなもの」

「知っているに決まっている。それでも得があるから返すのだ。お前は本当にわたしを馬鹿だと思っているな」

「大君は許さないでしょう」

「だろうな。父君は古い男だ。いつまでも朱之宮の故事になどこだわっている。もはや神命を退ける力など、我らにはないのに。だがわたしが王になればそれも変わる。国はようやく正しき道へ向かう。今のうちにわたしに謝るのが得策だぞ、叔父君」

　春宮は鼻で笑うと、その場を去った。

　頭を下げながら、二藍は決めていた。記神をやりすごしたら、斎庭での春宮づきを石黄と代わり、厳しく説得せねばならない。慣れぬ場所では、穏やかな石黄が相手した方が春宮も落ち着けるかと思ったが、これでは逆効果だ。嫌われ閑職に追いやられようが知ったことではない。玉盤の神に屈服するなどあってはならない。二藍には最後の手段もある。いざとなれば、春宮の心を変えて死ぬ。

　しかしその日は来なかった。

　祭礼の日、作り物のように無表情の記神は、螺鈿の倚子の上から春宮を指差した。次第の通り春宮は、九つの供物の筥を一つ一つ記神へ差し出し、開けていく。しかしその三つ目。開けた春宮の手がぴたりと止まる。ひ、と息を呑んだ。

　──何事だ。

　控えていた二藍も、春宮の隣に並んだ大君と鮎名も、筥の中を見やって愕然とした。絹が三巻き入っているはずの筥から、長き黒髪が垣間見えている。

　首だ。

「雛……一の雛」

青くなった春宮は、とっさに笏を両手で摑んだ。やめろ、と誰もが言いかかったが、間に合わなかった。春宮は自らの前に笏を引き寄せ、震えて覗きこんだ。

たちまち、石のようだった記神の顔が、赤く憤怒の相に変じた。二藍は割れんばかりの頭痛のうちに、脳裏に響く記神の声を聞いた。

一度は我に捧げた供物を取り返すとは何事か。これは玉盤に背く行為である。玉盤に背くは、すなわち――。

「お返しください、春宮！」

二藍はしゃにむに叫んだ。しかし動揺した春宮は、なぜ雛が、と呟くばかり。ますます頭痛が激しくなる。記神がゆるゆると右手を上げ始めた。二藍は歯嚙みした。自らの右手も、勝手に上がっていく。口が、自分のものではない言葉を発しようとしているのがわかる。記神は、二藍を使って告げようとしているのだ。滅国と。

言わせるものか。

「大君、首を落とされよ」

自ら気力を振り絞り、二藍は記神より前に声を押しだした。大君は一瞬身体を固くしたが、すぐに宝剣を摑み取った。

「……それで、どうなったんだ」

恐る恐る尋ねた綾芽に、二藍は淡々と答えた。

「大君は、『春宮が取り返した首の代わりに春宮の首を捧げる』と奏上して、うなだれる息子へ一閃を落とした。落ちた春宮の首から血は出なかった。大君が捧げると言った時点で、春宮の首は記神のものだったのだろう」

そうして春宮は、生きながら首を失った。

「首を記神に持ち去られ、それゆえ身体も死なぬ。生きているとも言えないが」

と二藍は、横たわる身体に目を移した。

「死なねば大君は、新たな春宮を立てられない。生きてもいないから譲位もできない。大君は悩み、何度も殺そうとしたのだ。しかし身体は死ななかった。切っても焼いても、翌日には元通りだ」

「……でも、じゃあ、また記神が来たらどうなるんだ」

春宮は碧玉を持ち、自らの真名を名乗る。それで初めて神書に名が記される。しかし今の春宮は首がない。名を名乗ることもできない。

「このままでは兜坂は滅国する。避けるには白璧を返すか、二年前と同じようにするか。もちろんわたしは後者しか認めない」

「同じように……とは、誰かの首を差し出して、春宮の首を返してもらうということか」

「その通りだ。春宮と同じか、それ以上の価値がある首を差し出す」

首を取り戻せば春宮は死ぬ。死ねば碧玉の主はいなくなり、大君が一時碧玉をも預かる身として記されることとなる。あとは後日、新たな春宮に碧玉を渡せばいいだけだ。

「わたしはずっと、那緒に陰謀の手助けをさせた者を探している。その者の首を、記神にくれてやるために」

二藍はそう、はっきりと口にした。「那緒を捨て石にした者は、必ずどこかに潜んでいる。次の記神の訪れで、今度こそ滅国させようとするかもしれない。そうなる前に必ず探し出す。その者の首で記神も退ける」

――そうか。

綾芽はようやく、二藍がなぜ、自分を留め置いたのかを悟った。

「……そのために、あなたはわたしを利用するのだな。わたしの命が必要なのだな」

どうやって使うのかはわからないが、絶対にそうだ。だから綾芽のような、なにもできない娘を我慢強くそばに置いていた。それは確信だったたし、二藍の表情を見れば、確かにそうだったとすぐ知れた。

「……綾芽」

「構わない。利用してくれ」

本当は最初から薄々気づいていた。二藍が危険を冒してまで自分を入庭させるのは、きっと使い捨てるためだろう、と。でも考えたくなかった。この斎庭ならば――二藍にならば、命以外にも価値があると思ってもらえるかもしれない。そんな夢を見ていたかった。那緒のためにすべてを擲つつもりだったのに、いつの間にか欲が膨らんでしまったのだ。

でもそうは告げない。惨めだから。泣いてしまいそうだから。

綾芽は代わりに、真実ではないが、嘘でもないことを言った。

「あなたが言う通りなら、やっぱり那緒は手を汚したんだ。あの子の振る舞いが今の状況を招いたんだ。ならば友として、あの子の招いたものに責任をとる。わたしにできるのは――わたしの価値は、そのくらいだから」

「そんなことはない」

と二藍は声を落とした。「少なくともわたしには、まったくそれは事実ではない」

ありがとう、と綾芽は微笑んだ。そう言ってくれればもう充分だ。

「さあ、どうすればいい。自分の命と引き換えに国が助かるなら本望だ」

二藍は睨むように春宮の首があった辺りを見つめ、やがて視線を外した。

「……そう急くな。詳しくは記神が訪れる日に話そう。それまでは」

「それまでは？」

答えず、二藍は文のようなものを差し出した。

「那緒の墓の場所だ。会ってくるといい」

＊

「……なんと？」

木雪殿にて、石黄は言葉をなくしていた。「本気で仰せか、大君」

「当然だ」

大君はあっさりと首肯する。しかしそれは、到底信じられない話だった。鮎名も、たまらず焦ったように口を出す。

「お待ちください、ご冗談でしょう？　記神の祭礼で、大君の……御首を、春宮の首と取り替えるなんて、そんな」

「何度も言わせるな」

大君は眉をひそめて、思わず身を寄せた鮎名を退けた。「差し出す首は、必ず春宮より価値の高いものでなければならない。春宮より価値ある首など、わたしのものしかない」

「お考え直しください大君、そんなこと、おできにはなりません」

蒼白になった常子が割り込んだ。

「なにゆえだ」

「南紗の惨をお忘れですか？　王と春宮、どちらもいなくなれば滅国は避けられません。大君の他に、誰が白璧の主となるのです。どなたが春宮から碧玉をもらい受けるのです」

「二藍だ」

「な……」

三人は、一様に言葉を失った。「……二藍？　なぜ」

「他にいないからに決まっているだろう。あの者に、まずわたしが白璧を譲る。その上でわたしの首を刎ね、春宮の首と取り替えよ。さすれば春宮は死に、碧玉の主は一時白璧の主――つまりは二藍に移る。滅国は回避される」

「なりません」

と鮎名が腰を浮かせた。「そんな案を、誰が通しましょう」

「わたしだ。兜坂の王が決めたことに逆らうのか？」

「しかし――」

「白璧を神にお返しなさい、大君」

今度は石黄が、目を見開いて大君に言い寄った。「白璧を返し、碧玉も返すのです。そうすればあなたの御首など必要なくなる」

「祭礼を放棄せよと言うのか」

「その通りです」

「できぬ」

「大君！　受け入れられよ！」

石黄が声を荒らげると、大君はわずかな間、石のように固まった。しかしすぐに立ち上がり身を翻す。

「このことは、祭礼の日まで二藍に言ってはならぬ。あれは、聞けばすぐさま自分の首を刎ねて差し出すだろう。そういう弟だ」

「しかし」

「話は終わりだ」

大君は聞く耳もない。三人は、呆然と見送るしかなかった。

「……なんということだ。大君はどうなされてしまったのか」

「まさか、御首を差し出されるなどと仰るとは」

「それに、二藍に白璧を……」

誰からともなく黙りこみ、やがて視線がかち合う。みな同じことを考えているのはわかっていた。

もう、大君になにが起こっているのかは明白だ。

那緒を用いて、春宮を追い落とした者が誰なのかも。

——止めねばならない。

「止めようぞ。我らが命に代えても」

鮎名の声に、深くうなずきあった。

*

「寂しい場所だよな。いつか自分もここに来るって思うと、もうちょっとどうにかならないのかって思うよ。まあ死んだあとだから、どうでもいいのかね」

荒野の中の沼沢地(しょうたくち)を歩きながら、佐智(さち)は苦笑した。

斎庭の北東、斎内禁苑と呼ばれる場所の一角である。腰丈(こしたけ)ほどの藪(やぶ)や、ひょろりと身を寄せ合う若木の合間に、小さな池が点在している。水が湧いているらしく、水面は澄んでいた。綾芽は佐智について歩きながら、浮いては沈む、幾多(いくた)の甕(かめ)を見つめた。頭ほどの大きさの甕には、斎庭で死んだ女官の御霊が納められている。玉甕といった。

　ここは墓所だった。

　玉甕は死者の御霊を、自らが何者かを忘れるまで休ませるものだ。この甕の中で、死者はゆっくりと記憶を失う。それにつれて、御霊も軽くなっていくとされていた。数年のち、死者の近しい者が甕を割る。なにもかも忘れた御霊は煙のように立ちのぼり、風に混じって消える。

　兜坂では、そうやって消える御霊が、最上の幸せを得るとされていた。

　綾芽も幼い頃、実の両親の玉甕を割った。両親の甕は、綾芽が物心つくまで六年も放置されていた。そのせいか、綾芽が割ったときには煙すら立たず、ただただ骨があるばかりだった。寂しかったが、安堵もしたのを覚えている。両親は死罪になった。悔しかっただろう。でもそれすら忘れて無になったなら、もう苦しむことはないのだ。

「朱野の邦でも、甕に御霊を入れて、あとで割るのはおんなじなのか？」

「そうだ。でも池に沈めるっていうのは初めて見たよ」

「ああ……ここらの風習だよ。この辺りは神招きの地だから特殊なんだ。甕の軽さをきちんと見極めるために、池に沈めているわけさ。自分を忘れた御霊は軽いから、玉甕も浮くだろ。逆にいつまでも浮かない甕はあぶない。下手をすると、そのまま怨霊化する。そうしたらもう永劫そのままだ。生きてたときの恨みつらみを二度と忘れられない」

とすれば、稲縄は忘れられなかったのか、と綾芽は思った。死して尚、甕の中でずっと恨みを思い返していたのだ。そのうちに二度と忘れられなくなって、ああやって彷徨っているのだとしたら、哀れだった。

佐智は一つの池の端で立ち止まった。

「ここだ。甕に名が書いてあるから、見ればわかると思う」

綾芽は黙ってうなずいた。二藍が教えてくれた那緒の甕には、偽名が書いてあるはずだ。二藍は表向き、那緒の甕をもう割ったと嘘をついているという。なぜかは知らないが。

「あたしはあっちで馴染みの墓参りをしてるから、終わったら呼んでくれ」

「わかった。ありがとう」

綾芽は佐智と別れ、池に近寄った。いくつもの甕がある。完全に浮いて、割られるのを待つばかりのもの。名残を惜しむように、ゆらゆらと揺れているもの。那緒のものを探した。ようやく見つけて、綾芽はああ、と池の畔に膝を折った。

「那緒……」

那緒の玉甕は、水底に埋もれるように沈み、微動だにしない。那緒の御霊は、ひとつも恨みを忘れられていないのだ。いまだ甕の中で苦しんでいる。

「遅くなってごめん。来たよ。いろいろあったんだな。辛い思いも、たくさん……」

たちまち苦しい気持ちで胸がいっぱいになって、綾芽は縋(すが)るように甕(たくら)へと声を絞った。

「那緒、なにがあったんだ。教えてくれ。脅されたのか？　誰かの企みに手を貸さねばならなくなったのか？　ほんとは別の深い理由があったのか？　記神の供物に首を忍ばせれば、大変なことになるってわかっていただろう？　なぜそんな真似をしたんだ。那緒。なあ、那緒……」

堰(せき)を切ったように言葉が溢れる。しかしやがて我に返った。本当は知っているのだ。

「答えが返ってくるわけないんだ……」

死者は口を開かない。開かないことこそ死者の幸せなのだ。だから訊いてはいけない。

寂しく立ち上がったときだった。

「やだなあ。ちゃんと返ってきますよ」

生ぬるい風が吹いた。驚き振り返れば、稲縄がほの暗い笑みを浮かべている。

「……稲縄さま」

「でもあなたには答えは聞けないでしょうがね。その娘に、喰われるだろうから」

「……喰われる？」

綾芽は身を強ばらせた。信じるな、とどこかで自分の声がする。でも耳を塞(ふさ)げもしなかった。わかってもいる。死者である稲縄は、けむに巻いても嘘は言わない。

「あれあれ、祐宮はまだ言っていない？　その娘、怨霊になってやると言い残して死んだそうですよ。それでその甕、全然浮いてこないんですねえ」

稲縄はちらと那緒の玉甕を見た。

「なかなか意志の強いお嬢さんのようだ。これは期待できますねえ。死から七年経つまで恨みを忘れずいられれば、わたしのような怨霊になれる。二度と消えぬ祓（はら）えぬ、人であり、人ならざる怨霊にね」

「そんな」

綾芽は、稲縄と玉甕を交互に見やった。那緒が怨霊になる？

「心配せずともよいですよ」

と稲縄は、優しい官人の顔をしてみせた。「その娘はわたしみたいに、永劫（えいごう）苦しむことはない。祐宮は、あなたを贄にするつもりだから」

「贄……」

「そう、贄。娘が怨霊になって自ら甕を割って出てくる前にね、命日に甕を割ってやるんですよ。一番近しい人が、贄として。それで御霊にその身を喰（つ）らわせるんです。ばりばりとね。そうすると、さすがの恨みに染まった御霊も胸を衝かれるんでしょうかね。人であった自分を忘れて、意志のない疫神になる」

「……それは救いなのか」

稲縄はじろじろと右から左から綾芽を見やり、酒臭い笑い声を上げた。

「おや嫌ですか？　怨霊になり果てるよりは遥かにましですよ。どちらにせよ悪いものを運ぶ神になるなら、人としてのなにもかもをなくした方がいい。なくせないから苦しむんです。わたしのように」

稲縄の目から赤い涙が一筋落ちた。しかしすぐに、掌を返すように笑顔に戻る。

「ねえ梓、逃げるなら今ですよ。手伝ってあげましょうか？　逃げたいでしょう？　御霊は贄を喰らったあと、少しの間は正気を保つ。その間に祐宮は、その娘から二年前のことを聞き出す魂胆だ。あの男には、最初からそのつもりで利用されていたんですよ」

ぐ、と胃の腑が縮んだ。でも綾芽は「構わない」と睨んで言い返した。

稲縄は少し驚いたような顔をする。

「友人に喰われるなんて最期は嫌でしょう？」

「そうでもない」

もっとちゃんと那緒を救いたかったとは思う。けれど。「二藍さまが最善と言うなら、わたしは信じる」

少しでも那緒を救えるならむしろ本望だ。下らない欲を掻きそうになったが、最初から那緒のためになら命だって捨てるつもりだったから構わない。それどころか、思ったより重要な役目を与えられたくらいだ。那緒ばかりでなく、国のために——二藍のために役立てるのだから。

はっきり認めよう。綾芽は嬉しかった。自分がこの世にいた価値は、確かにあったのだ。

「神ゆらぎの考える最善を信じるんですか。なにも生まれないのに。死ぬだけですよ？」

「それでいい。少しでもみなを救えるなら満足だ」

偽らざる本心だった。しかし聞いた稲縄の顔からは、ふいに笑みが消えさった。

馬鹿馬鹿しい、と吐き捨てる。

「ならば一人で死ね。救ったつもりはさぞ気分がよいだろう」

綾芽は目を見開いた。

頬を張られたような気がした。

館に戻って、自分の室にじっと座り込んだ。

稲縄の声が胸に刺さっている。

（確かにわたしは、なにかをやり遂げられるつもりになっているだけかもしれない）

しかし他に方法があるのだろうか。二藍がやっとのことで探し当てた最善を、綾芽ごときが覆せるのだろうか。

記神の来庭日が、公に招方殿に貼り出されたのは翌日だった。迎えるのは大君と妃宮である。静かに斎庭は、その日に向かって動き出した。

綾芽は弾正台の手伝いをしたり、二藍の書物の整理を手伝ったり、変わらぬ日々を過ごした。二藍はなにも言わないから、綾芽もなにも訊かなかった。

室に戻れば、手習いに没頭した。せっかく文字が書けるようになったのだ、いろいろ書いてみる。たわいもないことばかりだ。朱野の邦の澄んだ空、美しい春。青海鳥の角をとるには、じっと木の上で待ち続けなければいけないこと。那緒と出会ったときのこと。朱之宮の陵に忍び込んで、二人でしたいろいろな話。待ち続けてようやく、渋々と郡領たちが綾芽を采女に選び、嬉しくも恐ろしかった夜。ひと月も入庭を渋られ困ったこと。九重媛に相対し、死ぬかと思ったこと。

――二藍が『お前ならできる』と言ってくれたから、なんとか鉾を手にとれたこと。

(……思えば、遠い昔だな)

綾芽は少しだけ頬を緩めた。二藍が綾芽をまっすぐに見つめてものを言ったのは、あのときだけだ。心術でも使ったのかと思ったが、そうではないと悟っていた。神命で従えた娘に桃を当てられても、九重媛は満足しなかっただろう。あのとき二藍は、人として綾芽に向かい合い、そして綾芽も人としてそれに応(こた)えたのだ。

——那緒。

綾芽は筆を止め、空を仰いだ。

「わたしはお前とも、人として会いたい。喰うもの喰われるものとしてではなく」

声は青に吸い込まれるばかりだった。

記神を招く日がやってきた。朝、「話がある」と呼ばれたとき、綾芽はいっそ清々(すがすが)しい気分だった。

二藍はいつも通り、南の廂(ひさし)に座っている。空いた隣の円座に綾芽は腰を下ろした。

「とうとうだな、二藍さま」

返事がない。と思えば、ややあって二藍は言った。

「二藍でいい。最初からそう言っている」

駄々をこねるような反応に、笑いながら言い直す。自分でも驚くほどするりと声が出た。

「では二藍。とうとうだな」

「そうだな」

「裏で那緒を操っていた者の見当はついたのか」

「いや」

「ならば、わたしも役に立てるな。那緒の玉甕を割りにゆこう」

身を乗り出せば、庭を眺めていた二藍は身じろいだ。

「……なぜそれを」

「稲縄さまから聞いたんだ。文句はないよ。那緒も救い、国も救うんだから」

二藍は大きく息を吐き出した。

「あの大伯父君は、本当にわたしを苦しめるのがお好きだな」

「……稲縄さまはあなたの縁者なのか」

「母方の祖母の兄だ。恨んだ男と愛した妹の血、どちらも継いだわたしをねちねちと追い回しておられたが――最後までやってくれたな。贄のこと、お前に明かすつもりはなかったのに」

綾芽は眉を寄せた。戸惑っているうちに、二藍は綾芽に向き直った。

「綾芽、その通りだ。わたしはお前を、那緒に喰わせるつもりで入庭させた。どうしても裏で糸引く者を知らねばならない。だが敵はどこにいるのかわからない。上の御方の誰か、はたまた外庭の何者か。死んだ那緒に聞くしかなかった。それで那緒が心を寄せた友を贄にすべく、待っていた。那緒は生前言っていたからな。必ず来る、と」

二藍はよく喋った。包み隠さず。

「果たしてお前は来た。わたしは嬉しかった。これで滅国は避けられる。祭礼を玉央に明け渡さなくて済む。お前を死んだことにして、名を変え手元に置いた。その方が都合がよかったからだ。お前は那緒の死の謎を解くと息巻いていたが、正直おとなしくしていてほしかった。今日この日だけに必要なのだ。あとはまあなんとなく、生かさず殺さずでよかった。簡単だと思ったよ。わたしはそうやって生きてきたからな。だが――しくじったらしい」

二藍は静かな笑みを浮かべた。

「いつの間にか、お前を殺せなくなっている自分に気づいた。哀れな那緒がお前を喰らうところなど見たくない、できないと思ってしまった。……わたしにはできないんだらしくない、と言おうとした綾芽の血の気が引いた。声が出ない。なぜだ。

「だから仕方ない。やり方を変える。那緒に喰われるのはわたしだ」

身動きできない綾芽の頰に、二藍の手が近づく。触れないままにそっと離れた。「お前はすべてが終わるまで、庭を見ているがいい」

――待ってくれ、待ってくれ！

綾芽は心の中で叫んだ。めちゃくちゃに暴れた。そのつもりだった。でも身体は綾芽を裏切り、指先一つ動かさずに微笑んでいる。

それでいい、と二藍は目を細めた。

「時おり思い出してくれ。那緒と共に」

（卑怯者！　わたしに心術は使わないって言ったじゃないか！）

綾芽はあらん限りの言葉で罵った。しかしどれひとつ唇を割ることはなく、馬鹿みたいに優しい声で、「さよなら」と告げていた。

＊

二藍はゆっくりと支度をした。髪をきつく結い直し、韋緒で太刀を佩く。振り返りもせずに館を出た。まずは那緒の玉甕を得る。それから双嘴殿へ向かうつもりだった。

意志の強い者に心術を使うのは諸刃の剣だ。しかしどんな手を使ってでも鮎名に近づき、心術で心中を読むと決めていた。それで鮎名が下手人とわかればその場で首を落とせばいい。そうでなければすべてを明かし、あとを預ける。那緒の前に、喜んで身を投げ出そう。

（ずっと待っていただろうからな）

二藍は、那緒の最期を思い出した。

あのとき、尾長宮に駆け入った二藍は言葉を失った。血の海に、まさかの娘の姿を見たからだ。

「……お前がやったのか」

声が掠れた。心術を使えと、一緒に駆けこんだ石黄が言ったのに、それすら耳に入らなかった。そんな二藍を認めて、那緒はにこりとした。

「ええ、わたしがやりました。寵愛を受ける一の雛が妬ましかった。だから首を供物に隠したんです。春宮にひどい目に遭っていただきたかった」

力が抜けていく。嘘だと言ってくれ。せめて、供物に入れたのは故意ではなかったと。

「二藍さま、ひどいお顔。そのぶんだとうまくいったのかしら。せいせいしたわ」

言葉が出ない二藍の代わりに、珍しく石黄が声を荒らげた。

「なんてことを！　お前のせいで、兜坂は危うく滅国するところだったのだぞ！」

「それは大変ね」

と那緒は笑った。「でもわたしには関係ないわ」

ぞくりとしたように石黄は歩を止める。その隙に、那緒は懐に忍ばせていた刀を一気に抜いた。二藍はとっさに飛び出した。しかし間に合わない。刃は、那緒の胸元に迷いなく吸い込まれた。

　諦めきれなくて、死に向かう那緒に二藍は必死に問うた。

「なぜだ那緒、嘘だろう。誰かに脅され仕組まれた。そうだと言え」

　嘘でも真でもいい。なにか言え。そうすればわかる。利用されたのだと言ってくれ。

　しかし那緒は口を割らなかった。二藍は、この娘はすべてを抱え込んだまま死ぬつもりだと悟った。

「ねえ二藍さま。わたし、絶対怨霊になってやりますから。こうなったら、この国に未来永劫嫌がらせをしてやりますから」

「やめろ。そんな呪いを自分にかけるな」

「じゃあお優しい二藍さまが、わたしの贄になってくださりますか？　わたしを救ってくださりますか？　……それとも」

　那緒はふと笑みを浮かべ、天を見やるように目を動かした。

「それとも、あの子を待つことになるのかしら……」

　――わかっている。真に那緒が待つのは綾芽だ。

　死者は、もっとも心を強く残した相手を望む。だが綾芽だけはやれない。なにもかも諦めた先に残ったささやかな心の在処を、絶対にやるわけにはいかない。だから那緒には、二藍で満足してもらう他ない。

　最期くらい、人であるまま死にたいのだ。

　二藍はこの二年、那緒を弔った甕が一向に浮いてこないのに、密かに安堵していた。那緒の御霊はまだ地に残っている。那緒の口から真実を聞ける。しかし心のどこかでは、甕が浮いてほしいとも願っていた。那緒が哀れだった。

　でもこれで、ようやくすべてを忘れさせてやれる。

　桃危宮の衛士に取り次ぎを命じた。夕刻にはこの場に記神がやってくる。しかし今は静かだ。

「こちらへ」

　と招かれ、双嘴殿に足を踏み入れた。静かすぎる、と思ったときには、四方から鉾を突きつけられていた。

「なんの真似だ」

「それはこちらが訊きたいくらいだ」

　背中の側から鮎名の声がした。振り返ろうとした首に、鉾が押し当てられる。

「わたしを見るな。心術を使われてはたまらん」

　二藍は、続く言葉に愕然とした。

「失望したぞ、二藍。朱野の邦の采女、那緒に命じて春宮を罠に嵌めたばかりか、大君に心術を使って春宮の座に納まろうとはな」

「……なにを仰る。わたしが春宮？　心術？　なにかの間違いでは――」

「黙れ」

鉾の先が、皮膚をちくりと刺す。「よく動く口にはもう騙されぬ。それ以上喋れば、首を掻き切るぞ」

二藍は笑いだしそうだった。袖で口元を押さえる。

「申し開きもできませんか」

「いつ心術を使われるかわからぬからな」

「では殺しますか？　やってみればいい。その前に、ここにいる舎人すべてが鉾を落とし、わたしに跪くのが先でしょうがね」

はったりだったが、鮎名が身じろいだのがわかった。

――いや、はったりではない。

いざとなったらやるしかない。すべてを押し切ってでも進まねばならない。人としては終わるだろうが諦めろ。人であるまま死ぬこと自体が、土台儚い夢だったのだ。

「どちらにせよ、記神が来庭する前にお前の首は落とす」

「そうですか。楽しみだ」

二人は声を上げて笑い合い、押し黙った。

第四章　斎庭(ゆにわ)で滅国の神と相対す

——ふざけるな。

綾芽(あやめ)は、笑みを浮かべて座っていた。想い人を見送った女のようだった。寂(さび)しい別れを終え、去りゆく男を見送った諦(あきら)めの顔。

しかしはらわたは煮えくり返っていた。

（わたしはこんなの望んでいない）

二藍(ふたあい)も斎庭(ゆにわ)に生きる男だ、守りたかったなんて寝言はさすがに言わないだろう。でも見送ってほしかったのだとしたら、とんだ考え違いだ。最後まで綾芽に命を張らせるべきだった。涼しい顔で屍(しかばね)を踏み越えていくべきだった。

ふざけるな、と何度も繰り返した。そうしないと、心の奥まで心術にかかってしまう。寂しくも穏やかな感情が、火傷(やけど)の痛みのように身を蝕(むしば)む。通せば終わりだ。

しかしどんなに頑張っても、指一本動かせなかった。外側の綾芽は、眉を寄せて諦めの笑みを浮かべている。

「――おや、苦労していますね」

先日雷が落ちた桜の下で、稲縄が嗤っている。「祐宮に置いていかれましたか?」

綾芽の口は、寂しげに言った。

「あの方は、わたしを守ってくださろうとしたんだ」

「追いかけずともよいのですか?」

「そんなことをしたら、お気持ちを無下にしてしまうだろう」

なるほど、と稲縄は目を細める。

「そうやみくもに暴れても心術は解けませんよ、梓。ようやく訪れた機会なのに」

内側の綾芽は驚いた。稲縄は、表の綾芽でなくこちらに話しかけている。

「そういえば子どもの頃、朱之宮にお仕えしたという媼に訊いたことがあります」

稲縄はにやにやと、酒臭い息を吐き出した。「『なぜ朱之宮は神命に従わず、自らの意志を保っていられたのですか』、と。朱之宮は、こつがあると仰ったとか。実は神命や心術は、心を無理矢理変えるのではないんですって。その者の心に潜んだ、弱さを利用するんですって。あなたも本当は怖いんですね。祐宮を見送る楽な立場になりたいと、心のどこかでは思っていたんですね」

人って弱いですね、と稲縄は綾芽の額に手を伸ばした。

「普通なら簡単に受け入れてしまうんですよ。自分のせいじゃないと言い訳して、安心して心変わりしてしまう。責任を放棄してしまう。でも朱之宮はそうではなかった。弱い自分を真っ正面から認めた。簡単に言いますよね。それができれば誰も苦労しない。心をいじられたら最後、あがらえずに――」

綾芽が額の手を退けたので、稲縄は口を噤んだ。ややあって鼻を鳴らす。

「……答えがわかったら話を聞かないなんて、官人の風上にも置けないですよ、綾芽」

「申し訳ないが急がないといけないんだ。でも感謝する」

と綾芽は立ち上がった。引きずっていた衣をからげ、身体の前で帯をきつく締める。

稲縄の言う朱之宮の強さが自分にあるとは思えない。でも大丈夫、少なくとも今は、意志も身体も綾芽のものだ。弱さも怯えもすべて含んで、全部綾芽だ。

「わたしに感謝？　なにを言っているのか」

わざとらしく臭い息を吐きかける稲縄を避けて、綾芽は庭に下り沓を履いた。

「わかってる、あなたは怨霊だ。こと二藍さまには愛憎入り交じっている御方だ。その愛憎の部分がわたしを助けたとは、二藍さまにはちゃんと黙っておくよ」

「なにをわかったように小娘が」と言いかけた稲縄を、綾芽は制した。

「さあ稲縄さま、二藍さまの居場所を教えてくれ。あなたの血を引いたかわいい子孫が哀(あわ)れに死ぬのは、見たくないんだろう？」

「……神に指図するのか？　神とは人の問いには答えぬものだ」

と稲縄は呆(あき)れたが、「それも朱之宮の血か」と呟(つぶや)くと、生前はこうだったのだなと思わせるきりりとした顔をした。

「桃危宮(とうきぐう)は双嘴殿(そうしでん)だ。だがお前一人飛びこんでもどうにもなるまい。お前がやるべきは」

綾芽は口を引き結んでうなずいた。

稲縄の言う通り、綾芽は怖かったのだろう。喰われることも、さらけ出された那緒(なお)の感情に向かい合うことも。

思えばずっとそうだった。どこか後ろめたかった。生きている後ろめたさ。置いていかれた寂しさ。そもそも、生まれ持った立場の違いに納得していたわけでもない。

だからこそ那緒にすべてを捧(ささ)げなければいけない気になっていた。死んだ友人のために命を投げ出すことこそが正しいと、それでこそ誰にも顧(かえり)みられない自分という存在が、初めて意味を持つと思い込んでいた。

那緒が望むかどうかでなく、自分が楽になりたかったのだ。

それでいいと思う。それが人なのだから。

その上で綾芽は、那緒のためには死なない道を選ぶ。友と信じるからこそ、那緒に喰われるわけにはいかない。那緒が誰かを喰らうのも許さない。

源にある自分の欲も意志も、もうはっきりと知っている。

双嘴殿の殿上に駆け上がると、ちょうど鮎名が二藍に鉾を向けていた。息が詰まりそうになったが、今は自分のやるべきことだけを考える。舎人の隙をつき、二藍が用意していた那緒の玉甕を、思い切り地面に叩きつけた。たちまち黒い煙が立ちのぼり、驚き振り返った鮎名や舎人たちの姿を隠す。

煙は黒い靄となって綾芽の四方を取り巻いた。靄の中から狼のうなるような声がして、綾芽は両手を握りしめ腰を低く構える。

と、急に目の前に白い影が現れた。女の形に見える。

「……那緒か？」

逸る心をなだめ、落ち着いて尋ねた。「わたしは綾芽だ。朱野の邦の綾芽だよ」

「久しぶりね」

くすくすと笑い声が、獣のうなり声に混じって聞こえた。綾芽は感極まりそうな自分を必死でなだめた。間違いない。那緒の声だ。

「那緒、わたしがわかるんだな。わたしは――」

「わかってる。喰われに来てくれたのね。信じてたわ。救ってくれるのは綾芽だって」

覚悟はしていたが、その言葉に心が抉られる。でも綾芽は首を横に振った。

「違う」

「え」

「那緒が辛い思いをしたのは知っている。でも喰われるわけにはいかないんだ。わたしは話をしにきた。どうか二年前になにがあったか教えてくれ」

そんな、と白い影が、嘆くように身を震わせた。

「ひどいわ。わたし、ずっと待ってたの。待って待って待ちくたびれて、苦しかった」

「わかってる。でもできない。どうか心を強く持って、あの日のことを聞かせてほしい」

「あなたなら、わたしのために死んでくれると思ったのに。友だと思ってたのに」

「友だよ。今でも変わらず」

「嘘つき」

「嘘じゃ――」

姿の見えぬ狼が、ひときわ低くうなった。はっとして、綾芽は影から目を逸らした。狼は、綾芽を取り巻く靄の中を右に左に吠え続ける。なにかを追い払うように。

それで目が覚めた。

綾芽はうなり声に向き直った。意を決してその声へ呼びかける。

「那緒」

唐突に狼は鳴きやんだ。代わりに同じ場所から、聞き覚えのある少女の声がする。

「よかった。綾芽が幻に殺されちゃうんじゃないかって心配だったわ。追い払いたかったけど、綾芽が気づいてくれない限り、わたしにはうなるくらいしかできなくて」

雲間から差した光のように、綾芽はその声を聞いた。間違いない。こちらが本物だ。なぜ間違えそうになったのだろう。

「その白いのは……ただの幻か」

振り返っても、白い影があった辺りには、もうなにも見えなかった。

「そうみたい。わたしが甕の中で纏ってた恨みつらみの煮こごりね、きっと」

那緒は、姿を現さないまま笑った。「久しぶりね、綾芽。来てくれるって信じてた。怨霊になるふりをして待ち続けた甲斐があったわ」

「……怨霊になる、ふり？」

言葉を失った綾芽を前に、那緒はおかしそうな声を上げる。

「そう。わたしはちゃんと、まだ人よ。死人なのに人も変だけど。この日のために、ずっとあなたと二藍さまを待っていたの」

　靄が渦巻く。那緒の声の周りに集まって、大岩くらいの大きさになった。刻を同じくして、霧が晴れるように室の光景が再び現れる。

　そこに綾芽は、驚愕している鮎名と二藍の姿を見た。

「……那緒なのか」

　黒い靄を見つめる二藍の声は掠れていた。反対に、靄から響く那緒の声は軽やかだ。

「お待ちしておりましたわ、二藍さま」

「どうなっている。お前は……怨霊になると言っていた」

「嘘だったのです。わたしが死んだのは、こうやって、あとでゆっくり真実を伝えるためでした。怨霊になる御霊は、甕の中で生前を思い返し続ける。だから自分を忘れられないといいます。だったら同じように頑張れば、自分を保ったまま、もう一度お会いできるんじゃないかなって」

「……それだけのために死んだのか？　ならば死の間際にわざわざ怨霊になると宣言したのも、わたしに甕を割らせるためか？　そうせねば真実を伝えられぬから」

　愕然とした二藍の問いを、那緒はあっさりと肯定した。

「二藍さまは絶対に真実を探す。つまりわたしの甕を割るに違いない。そういう読みだったんです。自分を保てるかは賭けでしたけど、うまくいきましたね。頑張ってよかった。まあ、頑張ったせいでわたしはもう、人でも怨霊でもないみたいですが」

那緒の声を取り巻く靄が、少し寂しそうに揺れた。

黙ってしまった二藍に代わり、鮎名が鋭い声を投げかける。

「とすればお前には、どうしても伝えたい話があったのだな。嫉妬で春宮の一の雛を殺し、供物に紛れ込ませた。それゆえ死を選んだと聞いたが、違うのか？　お前が二藍の見せる心術でないなら、納得のいく答えをくれ」

「もちろんわたしは心術の見せる幻ではありません、妃宮。心術を使って国を傾けたものは、他にいるのです」

わたしは死人ですから、嘘はつけません。見たままをお話しします――。

そう言って那緒は語り始めた。

二年前、記神の訪れを待つ尾長宮でのことだった。供物に使う絹を届けに春宮の居所を訪れようとしていた那緒は、諍いの声を耳にした。春宮と、寵妃一の雛の声だ。普段ならば、知らないふりをするのが斎庭の礼儀である。しかし那緒はそっと物陰に潜んで耳をそばだてた。近頃、春宮が少しおかしい。そう一の雛が不安げに漏らしていたのを思い出したのだ。どこが、とは説明できない。でも変なのだ、と。

那緒は、春宮の妃宮を目指すと公言しているゆえに、一の雛とは不仲だと誤解されがちだ。しかし本当は気安い仲だった。招神の任を重荷に感じている一の雛は、年若い那緒を頼りにしていたのである。

すがる一の雛を、春宮は突き放していた。しかし諦めようとはしない一の雛の様子を見て、那緒は眉を寄せた。一の雛は、よく言えば優しく、何事にも深くはこだわらない質だ。こんなにもしつこく食らいつく一の雛を、那緒は見たことがなかった。

――どうかそれだけはおやめください。

必死になって、一の雛は春宮を引き留めていた。

――春宮一人のお気持ちで、そのようなことを記神に告げてはなりません。お考え直しくださいませ。

うるさい、と春宮は寵妃を押しやった。それに那緒はまた驚いた。若さゆえか、春宮はできた人物とはとても言いがたいが、妻妾を乱暴に扱うことは決してなかったのだ。

――父君も妃宮も国を考えているようなふりをして、なにも考えていない。これが最善なのだ。わたしが記神に、白璧と碧玉をお返しする。兜坂は祭礼を玉央に任せる。これで玉央もおとなしくなるだろう。我々に反抗する気がないとわかるのだから。

——そんなわけありますか。

那緒が叫びたかったその通りに、一の雛は声を張り上げた。

——いったいどうなさったのです。どなたかにそうしろと吹き込まれたのですか？

——そうではない。

——ではなぜ、朱之宮が命を賭して守った斎庭を、易々と売り渡してしまうのです。

春宮は怒りの目で寵妃を見返した。

——わたしに意見するのか。置物のようなお前だからこそ、かわいがってやったのに。

あまりにひどい言葉に、一の雛はわなわなと口元を震わせた。ほっそりとした腕が宙を惑う。しかしそれも一瞬だった。一の雛は、毅然と立ち上がった。

——やはり今のあなたはあなたではない。誰かに操られておいでになる。

——無礼な。女御を廃してやろうか？　お前の父も職を失うだろう。

構いません、と一の雛は睨み返した。

——その前にわたしは、あなたの妻として、斎庭の女として、あなたを止めます。

鈍い鐵色がきらめいて、もみ合う音がした。力なく崩れた一の雛を見たとき、那緒は飛び出しかけた。でもすんでのところで押しとどめたのは、那緒の他にも、様子を眺めていた者に気づいたからだ。その者は御簾の向こうから二人を見ていた。笑みを浮かべて。

春宮は、血に染まった一の雛を見た途端に正気に戻ったようだった。なぜだと何度も口走り、必死に介抱しようとした。しかしその者の目を見るとまた、冷たい顔に戻った。

――お気になされますな。嫉妬した女官(にょかん)の仕業(しわざ)と言えば、それでよいのですよ。さ、ゆきましょう。鶏冠宮(けいかんぐう)で大君(おおきみ)がお待ちです。

――そうだな。女などにかまけている余裕はない。わたしは今日、国を変えるのだから。

「……つまり春宮は、あの日、白璧を記神に返すつもりだったのだな。わたしにも大君にも一言も言わず、独断で。いや独断ではないのか。何者かが春宮に心術をかけ、心を操っていた」

仰る(おっしゃる)通りです、と那緒の声は鮎名へ答えた。二藍が重い口を開く。

「それではお前はあの日、わざと一の雛の首を供物に隠したのか。春宮を止めるために」

「そうです。一の雛は自らの手で、心術に操られた春宮を殺め(あやめ)てでもお止めしようとしたのです。悔しくて仕方ありませんでした。どれだけ一の雛が春宮を慕って(したって)おられたか、わたしはよく知っています。一の雛の遺志(いし)を、継がなければと思いました。でも尋常(じんじょう)な方法で止められるとも思えない。もう記神の来庭は迫っていて、敵は春宮ほどの御方を心術で操る者です」

だからわたしは、虫の息の一の雛にとどめを刺し、首を供物に紛れ込ませたんです。

那緒は静かに続けた。

綾芽は心が押しつぶされるような苦しさを覚えた。那緒の絶望が、自分のもののように迫る。歯を食いしばって事を為したのだ。一の雛を友と思っていたからこそ。

「あなたでもそうするでしょ、綾芽」

だから、不安げに揺れる声に深くうなずいた。なにを言うより伝わるはずだ。

那緒は、気丈にも思える軽さを取り戻して続ける。

「あとはご存じの通りです。春宮は一の雛の首を見てご自分を取り戻されました。でもそのあと供物を取り返そうとするなんて、正直想像もしていませんでした」

「本気か」

と鮎名は額に手を当てた。「なんという娘だ。危うく滅国するところだったのだぞ」

「申し訳ございません。わたしも気づいたとき、怖くて立っていられなくなりました。でもお蔭で腹が決まったのです。一の雛を殺した責任をとらねばならないし、どうにか真実を、二藍さまや妃宮にお伝えしなければいけない。ならばこの方法が一番確実だと」

それで那緒は甕の中、ひたすら忘れるなと自らに言い聞かせて待ち続けた。来るのかもわからない待ち人を、御霊の定めに逆らって。

「辛い二年でした。甕を割ってもらえなかったら、ほんとに怨霊になっていたかもしれませんね。でも、あんまり心配していませんでした。きっと二藍さまや綾芽は、わたしが嫉妬でこんな凶行に及んだなどとは思わない。きっと不審に思ってくれる。わたしの話を聞くために、自分の身を投げ出そうとしてくれる。そう信じていましたから。まあ、本当に投げ出させるつもりはありませんでしたけど」

いたずらっぽく笑う顔が見えるようだ。那緒らしいな、と綾芽は笑みを返した。

「賭けに過ぎる。なぜあのとき、一言でもわたしに伝えなかった。死なずに済んだかもしれなかっただろう。朱之宮の血を引くんじゃなかったのか」

二藍は冷静を装っているが、我慢ならないくらいに怒っている。綾芽にはよくわかった。那緒ではなく、自分が許せないのだ。

「やだ、覚えていてくださったんですね、恥ずかしい。でもわたし、器じゃないってずっとわかってたんです。此度も国を守ろうとして、かえって滅ぼしかけてしまったし」

「じゃあ血なんてどうでもいい。自害するなんて愚の骨頂だ」

「もちろん、わたしもお伝えしたかったんですけど」

と那緒は困ったような声を出した。「あの場にはあの方もいましたから。なにか告げると、焦ったあの方に二藍さままで操られてしまうと思ったんです。そうなったら終わりだから、誤魔化すしかありませんでした」

「ということは」

声を硬くした二藍に、はい、と那緒は言った。

「春宮に心術をかけたのは、副宮(ふくのみや)――神祇副(じんぎのふく)の石黄(せきおう)さまです」

二藍と鮎名の視線が、素早く交わされた。一瞬の間があり、鮎名は「信じよう」と覚悟を決めたようにうなずいた。

「だがそれならまずいな。今頃鶏冠宮で、石黄は大君を説得している。実は大君は、滅国を回避するために自らの御首を使われると宣(のたま)ったのだ」

聞いた二藍の顔色が変わった。

「石黄は、大君にも心術を使っているかもしれません。ここのところおかしく見えたのは、そのせいかもしれない」

「そうだな。あの方が春宮ほど簡単に心を明け渡すとも思えんが……話はあとだ。鶏冠宮に行く」

鮎名は、じっと那緒の靄を見た。「那緒、大儀であった。ことが終わればわたし自ら、お前の葬礼を執(と)り行おう。国が続いていればの話だが」

言うや早足で双嘴殿をあとにした。続こうとして、二藍は那緒を振り返った。綾芽の知らない、二藍と那緒が過ごした時の流れが積もり、音もなく流れていく。

「綾芽を守ってくださいね、二藍さま」

やがて穏やかな那緒の声がした。

「約束する」

二藍は短く答えた。二人が交わしたのはそれだけだった。

「馬の準備をしてくる。走ってこい」

二藍が去り、舎人も去り。室に残されたのは綾芽と、那緒の黒い靄だけとなった。いつの間にか靄が薄れているのに、綾芽はようやく気づいた。室を取り巻いていた重苦しい風も、今は軽やかだ。

「頑張ってね、綾芽。わたしのぶんも」

いつも通り、明るく軽く、那緒は言った。

「……お前はどうなるんだ」

薄々わかっていて、それでも綾芽は尋ねないではいられなかった。さあね、とさわやかな声が返る。

「たぶん消えられるんじゃない。もう、いろいろ忘れてきちゃったし」

（なんでそんな、あっさりしているんだ）

言葉が見つからない。言いたいことはたくさんあったはずだ。でもなにも出てこない。

泣き叫べば引き留められるだろうか。焦燥だけが腹の内で渦巻いている。

うつむく綾芽に、「ちょっと」と那緒は呆れた声を上げた。

「もういいから、行ってくれる？　あのお二人は立派な方がただけど、やっぱり綾芽がついていた方がいいわ。なんてったって朱之宮の血を引いてるんだから」

「なにを言うんだ。血なんか引いてない。わたしはただ……」

声が震えた。「ただ、那緒に引っ張ってもらって生きてきたに過ぎないんだ」

那緒がいなければなにもできない、生きる理由すら見つけられなかった女なのだ。

歯を食いしばっていると、「しょうがないわね」と那緒は息をついた。

「じゃあ引っ張ってきた以上、最後にぐいっと押し出してやるわ。わたし、今から神命ってやつを使ってみるから」

「なにを――」

「あなたは、わたしを忘れる。二度と思い出さない。辛い思いもしない」

綾芽は息を呑んだ。那緒の神命は、撫でるように心に忍び込んでくる。受け入れれば楽になるのは知っている。悲しみも、馬鹿げた劣等感も、全部流れて消えていく。目を瞑って諦めればそれでいい。

でも。

綾芽はすぐに、馬鹿だな、と笑った。

「那緒を忘れるわけないだろう。一生覚えているよ」

一生追いかけていく。一生隣にいる。綾芽の大切な、初めての友なのだから。

「ほらね、大丈夫じゃない」

と那緒も笑ったようだった。

ふいに靄が揺れ、綾芽は目を見開いた。確かにそこに、にこりと笑みを浮かべる那緒がいた。昔のままの、いや、少しだけ大人びた――。

そうだった。いつも自信満々な那緒は、こうやって時おり柔らかな笑みを浮かべるのだった。那緒自身は気づきもしていなかっただろうが、綾芽はずっと、こんなときの友人は本当に可愛らしいと思っていた。

「……久しぶりに思い出せたよ」

「なに？」

いや、と笑顔で綾芽は首を横に振った。「ありがとう、確かに大丈夫みたいだ」

「でしょ？」

那緒の幻も、得意げに口の端を持ち上げる。「もうこれからは、絶対わたしの後ろに立とうとしないでよね」

「うん。いつも隣にいよう。友だものな」

那緒は嬉しそうだった。またふんわりと目を細める。でもすぐに有能な女官の顔になり、外に強い視線を向けた。

「さ、行って。わたしの死を無駄にしないで。二藍さまを守ってあげて」

綾芽も口元を引き締めた。

「わかった。頑張る」

言うや溢れる感情をしまい込み、那緒に背を向けた。両手を握りしめ、床を強く蹴って駆け出す。階を降りるときに振り返りそうになったが、奥歯を噛んで我慢した。すべて伝わっている。別れの言葉は必要ない。

拝殿を巡る回廊の門をくぐったとき、背中の方から狼の遠吠えがした。長く続いたそれは、最後には煙のように消えていく。

振り切るようにがむしゃらに走った。

拝殿の前に、二藍の姿が見えた。二藍は、馬に鞍を置いて待っていた。息を切らした綾芽の姿が見えるや馬にまたがり、綾芽を馬上に引っ張り上げる。

「馬に乗ったことは」

「あんまりない」

「ならばわたしにぴったり背をつけておけ。鶏冠宮に着くまでなら泣いてもいい」

「別に泣かない」

と言いながら、綾芽は嗚咽を堪えた。

桃危宮から西に向かえば、すぐに鶏冠宮の築地塀が現れる。斎庭に開いた門の前では、妃宮の女舎人が綾芽たちを待っていた。ものものしい雰囲気に心が竦み上がったが、自らを奮い立てて進んだ。那緒の言葉を胸に抱く。誰の死も無駄にしない。無駄にしないために進むのだ。

木雪殿が騒がしい。馬を降りるや足早になった二藍に連れられ、殿上に駆け上がった。廂に呆然と座り込んだ尚侍の常子がいて、奥の御帳台のうちには、神の座像のようなものと、それに寄り添う鮎名の姿があった。

二藍は、御帳台とこちらを隔てる御簾へとまっすぐ向かい、めくりあげた。綾芽は驚きで身を固くした。神像ではない、大君だ。でも像だと言われた方が納得できる。繧繝縁に座し、半眼のまま動かない。

「わたしが来たときは、すでにこのお姿だった」

大君の背をさすりながら、鮎名は鋭い視線を上げた。「生きてはいらっしゃる。だが声をかけてもお応えがない。これは心術にかかっているのか？　二藍」

「心術にかかっているというよりは……」

　言いかけて、二藍は後ろを見やった。「なにがあったのか、尚侍に尋ねても？」

「もちろんだ。今わたしも訊こうとしていたところだった」

　綾芽は戸惑った。常子は御霊が抜けたように床を見つめている。きっとこちらは、完全に心術にやられている。

　と、

「綾芽……というのが本当の名だな、梓」

　鮎名に声をかけられ、綾芽は背を伸ばした。二藍を見やれば、構わないと小さくうなずく。それで綾芽は意を決し、「はい」と答えた。

「朱野の邦は角崎の生まれの、綾芽と申します」

「ならば綾芽。お前が尚侍を正気に戻せ」

　できるわけがない、と思った。しかし二藍も厳しい目で綾芽を見つめている。やれと言っているのだ。綾芽は半ば怒りにも似た気持ちで、思い切って常子に歩み寄り、その手をとった。ならばやってやる。

　最初はどうしていいかわからなかったが、自分を強く信じて、常子の心に己の心をぶつけるつもりで睨むと、固い粘土に握り拳を押し込んだような手応えがあった。

集中して続けてみる。たちまち常子の目の焦点が戻ってきた。鮎名と二藍は声を上げたが、綾芽が一番驚いた。同時に重い責任が胸にのしかかる。これは綾芽の才ではない。朱之宮の力を借りているに過ぎない。

押しつぶされそうに感じたとき、ふと二藍の手が肩に触れた。視線は常子に向けたままだが、綾芽は心が少し楽になったのを感じた。

常子は動揺していた。しかしなんとか唇を引き結び、顔を上げて、話を始めた。

どうやら鮎名をはじめとした上の御方がたは、二藍が那緒を裏で操り春宮を追い落とし、さらには大君に心術を用いてその座を得ようと画策したと考えたらしい。綾芽も二藍もそれには言葉を失ったが、今は聞くのが先だった。

「なるほど」

と二藍は袖の中で手を組んだ。「大君はわたしに玉座を譲り、自らの首を差し出すと宣した。それで妃宮はわたしを捕らえようとし、尚侍と伯父君——石黄は大君を説得しにこちらへ参った」

「はい。わたしは一つも疑っていませんでした。大馬鹿者だったのです。ずっと、妃宮に根拠もなく疑いをかけていました。なのに今度は祐宮を疑って……」

「もうよい尚侍、大馬鹿者はわたしも同じだ。今はなにがあったか教えてほしい」

鮎名の声に、はい、と常子は息を呑みこんだ。

「とにかくわたしは、祐宮が大君をそそのかしたと信じていたのです。それで大君に、お考えを改めていただけるよう何度もお諫めいたしました。我々は当初……祐宮の首を差し出し、滅国を回避するつもりでした。しかし大君は決して受け入れようとはなさらない」

代わろう、と石黄が穏やかに前へ出た。

――お前は黙って見ていればいい。

石黄はそう言って、大君と向かいあった。

「でも副宮が始めたお話を聞いて、わたしは驚きました。妃宮とわたしは、あくまで滅国を回避する方策を評議するつもりだったのです。しかし副宮は大君に、白璧を記神に返すように仰りました」

大君は、聞くに値しないとやはり退けた。しかし石黄は諦めず滔々と説いた。神の温情厚い玉央と反目してなんになる。玉央に、ひいては玉盤の神に庇護していただく。それこそが兜坂の生きる道だ。わたしは真に兜坂の民を考え諫言している……。

「それでも大君は耳をお貸しにならず、副宮に退室を命じようとなさりました。でも、なんだかおかしいのです。大君は舎人を呼ばれかけた手を下ろし、急に副宮に同意されました。と思えば石のように押し黙り、また出ていけとお怒りになり……」

さすがに変だ。常子は突然、石黄が神ゆらぎだと思い出して怖くなった。心術は使えないほど人に近いと聞いていたが、これはまさに、心術ではないか。

とっさに大君と石黄の間に割って入ろうとした。でも身体は動かなかった。ならば声を、と思っても無理だった。

石黄は話し続けている。穏やかに、諭すように。しかしその言葉の端々に、徐々に憤りが滲み始めた。

「大君は、お前の言を退けると言ったきり、口をつぐんでしまわれました。それどころかこのように、瞬きすらされなくなったのです」

突如石黄は言葉を切った。恐ろしい沈黙が落ちる。やがて立ち上がったその顔は、玉盤の神のごとく無表情だった。石黄は常子に淡々と命じた。お前は呆然として、なにも考えられなくなる。このまま、一生——。

「……石黄はどこへ行ったのだ」

鮎名の問いかけに、常子は首を横に振った。

「わたしの館だろう」

二藍は太刀を半ば抜き、刀身を確認した。

「祐宮の？　なぜです」

「結局、大君には心術がかからなかったのだ。さすがは兜坂の王であらせられる。ただ大君は、心術に対抗するために心を閉ざしてしまわれた。これでは祭礼が行えない。石黄はわたしに心術を用いて操り、傀儡に仕立てあげるつもりだ。そういうわけで妃宮、わたしは綾芽を連れて、少々館に戻ってきます」

「どうする気だ」

「討ちます」

二藍の返答には気迫が籠もっていた。「その間、妃宮は大君をなんとか起こしてください。大君はここのところ、ずっと石黄の心術の攻勢に抗っておられた。恐らく心は身の深くに潜っておられる」

「どうすればいい」

ゆきかけていた二藍は立ち止まり、少しだけ眉を寄せた。

「神ゆらぎに訊きますか？　あなたの方がよっぽど詳しいでしょうに。昔のように、滔々と愛を囁かれればいい。信頼する者がそばにいると知れば、大君の心も開くでしょう」

「……わたしが、か」

鮎名は視線を落とした。「わたしが呼んで、応えてくださるのか」

「自信がおありでないのなら、北の女御をお呼びしましょうか」

と常子が口を出した。「もしそれでよいのなら、ですが」

「言ってくれる」

むっとした鮎名は、大股で大君のもとへ戻ると、四方の帷をすべて下ろした。

「早く帰ってこい、二藍、綾芽。大君と祭礼の準備をして待っている」

「わかりました」

「石黄の首を忘れるな」

二藍は黙って頭を下げると、大君らに背を向けた。綾芽も慌てて頭を下げて、二藍のあとを追った。

「お前は確か、弓が使えるな。しかも青海鳥を射落とせる腕だ」

二藍の館の近くで馬を降りると、急にそう声をかけられた。

「そうだが……なにが言いたい」

「わたしが石黄と会っている間、隠れていろ。もしわたしが石黄の心術にかかってしまったら、わたしと石黄の心の臓を射貫け」

「……この期に及んで、己の命を軽んじるのか？」

綾芽は怒りのあまり、わなわなと震えて言い返した。那緒の想いはなんだったのだ。

「この期に及んでではない。最初から決めていた。本当は自尽するつもりだったのだがな。だが考えようによっては、石黄を油断させるにわたしの存在はちょうどいい」

「だから、なんで死ぬつもりなんだ！」

「首が足らない」

落ち着いた声に、綾芽は勢いを削がれたように顔を上げた。

「記神から春宮の首を取り戻さねばならないと言っただろう。玉盤の神とは規律の神だ。春宮の首を返してほしければ、春宮の首以上の値打ちのある首を差し出さねばならない。石黄の首だけでは足らない。だからわたしは最初から、身体は那緒に、首は記神に差し出すつもりだった」

「な……」

綾芽は数歩よろめいた。のろのろと両手が上がる。我慢しきれず、二藍の胸ぐらを引き寄せた。

「ふざけるな！　わたしを使えばいいだろう！」

二藍は目を見開いたが、すぐに怒りの形相で見返してきた。

「できるか。お前の首は、もはや誰の首より価値がある」

「そういう意味じゃない。わたしの中の朱之宮の血を使えと言っているんだ」

「なにか策でもあるのか？」

「ない！」

途端、二藍の瞳に苛立ちが生まれたのが見えて、綾芽はつい笑ってしまった。こんなときなのにおかしい。目を合わせるとよくわかる。二藍はかなり直情的な男だ。

「それはあなたが考えるんだ、少なくとも今は。わたしは事情をよく知らないし」

手を放しながら言うと、二藍は眉をひそめて考え込んだ。

「確かにそうだが……」

しばらくして二藍は、何事かを思いついた顔をした。一方で横顔にためらいが浮かぶ。しかしすぐに、それを彼方に押しやった。短く息を吸って顔を上げ、綾芽の手首を強く握りしめて、早足で歩き始める。

「……おい、二藍」

「別にわたしは死んでもよかったんだ。どうせ神ゆらぎだ、欲しいものは決して得られない。でもここまで来たなら、やれるだけ足掻いてやる」

「二藍？」

「お前のお蔭でちょっとした策を思いついた。今から言うから、よく覚えろ」

二藍の策は、ちょっとした、などという簡単なものではなかった。聞いた綾芽は一瞬怖じ気づいたが、すぐに覚悟を決めた。二藍が信頼してくれているのなら、それに応えたい。これ以上なにも失いたくないのなら、まずは自分を信じなければならない。

――わたしは朱之宮の血を受け継いだ。ならばこの力を役立てる責務がある。

誰のためでもなく、自分のために。

欲得ずくでもなんでも構わなかった。ただただ、二藍に死んでほしくない。自分の価値を、そんなところに置いてほしくない。それだけだ。それでいい。だからこそ鏡を見るように、己に言い聞かせる。生き残れと。欲を掻けと。

「行けるな、綾芽」

自らの館なのに、まるで押し入るかのように太刀の柄を握った二藍が、階の前で振り返った。綾芽は矢筒を肩に掛け、弓を握りしめてうなずいた。使うつもりはないにしろ、いざというときのために弓矢は欲しかった。侍所をかき回したら、ちょうど良い重さの弓が出てきたので貸してもらったのだ。

「大丈夫だ。でもどうか、これを使う羽目にならないように気をつけてくれ」

「残念だ。一度お前の腕も見てみたいものだが」

矢に歪みがないか点検しながら硬い表情で言った綾芽に、二藍は軽やかに返した。綾芽は思わず眉を吊り上げた。

「こんなときにも冗談か？　あなたは随分肝が太いんだな」

「逆だ。こんなときだから落ち着けと言っている」

二藍は笑って、綾芽の両肩を持ち上げ、ついと落とした。つられて大きく息が吐き出され、綾芽は初めて自分が、ずっと息を詰めていたことに気づいた。

「まだまだ場数が足らんな。わたしは大丈夫だし、お前も大丈夫だ。心配するな」

「……うん」

なにを言っていいのかわからなくなり、綾芽は視線を彷徨わせた。けれど最後には頬を緩めて、目の前の男を見上げた。「弓矢の腕だけは、女官の中ではある方だと思うんだ。狩りでも祭礼でもどんとこいだから、期待しててくれ」

「そうか。楽しみだ」

二藍も穏やかな目を落とす。だが次の瞬間には背を向け、階を上り始めていた。太刀から手を放し、代わりに扇をとると、殿上でちらりと綾芽を振り返る。

「頼んだ」

綾芽は弓を身体に引き寄せ、大きく首を縦に振ってみせた。

「まかせろ」

それから、簀子縁を進む二藍の背を見送った。

二藍気に入りの、庭を望む南廂に人影がある。石黄である。二藍は優雅な足取りを崩さず近づいた。

「本当に変わった庭だな」

呟いて、石黄は柔和な笑みを二藍に向けた。「留守と聞いたゆえ、勝手に上がらせてもらったよ。どこに行っていたのだ？」

「散歩ですよ。伯父君こそ、なぜこちらに？」

「記神の来庭がもうすぐだろう？　落ち着かなくてな。神ゆらぎ同士、慰め合おうかと思ったのだ」

「わたしとあなたが慰め合えるものでしょうかね。あなたはほとんど人だ。わたしはかなり神に近い。感じ方も、考え方もまったく違う」

「それでも同じく神ゆらぎだよ。なぜ違うのだろうなあ。同じ斎庭に生きる男なのに」

味の好みの話でもしているかのように、石黄は首を捻った。

「不思議ですね。わたしはずっと、あなたも当然、神を恨んでいると思っていましたよ」

「ままならないものを恨んでも仕方ないだろう」

「そういうものですか」

「そういうものだ」

二人は黙りこくった。石黄は笑みを浮かべ、二藍は扇で口元を隠している。お互いいつも通りに見えた。でもその裏では、激しく駆け引きが行われているのだろう。どちらが先に、相手の心術に屈服するのか。これは戦いなのだ。

「……神ゆらぎの神とは、なにを示すか知っているかね」

再び口を開いたのは、石黄の方だった。「兜坂の神ではない。まして怨霊でもない。玉盤の神だよ。だから神ゆらぎは神命を使える。玉盤神の神命は、怨霊の使うものとは比べものにならない力だ。どんな者も、それこそ大君さえも抗うのは困難だ」

「知っていますが」

「そんな神に楯突くのは、怖くないものだろうか」

「兜坂の現状を指していらっしゃる？　我々は楯突いてはいませんよ。きちんと玉盤の神を招き、その神書に白壁の国の一つとして名を記されているではないですか」

「わたしが言いたいのは、そういう話ではないのだよ。弱き者が、自らを貫かんと必死になるのは美しい。しかしそれが本当に、生き残るために最善であるかというと、違うのではないか」

石黄は、小さく息をついてみせた。「筋を通して死ぬのと、地に這ってでも生きる。どちらが結局よいかと言えば、わたしは地を這ってでも生き延びる方を選ぶ」

「それは……玉央に祭祀を委ねることを意味している？」

「その通り」

「できません」

「お前の懸念はよくわかる。玉央は玉盤神の意向を利用しようとしている。機会さえあれば我が国を完全なる属国に、いや、玉央の州の一つにしたいと思っているだろう」

「そうだ。だから祭礼を失えば、兜坂はもう属国に同じ」

「しかし属国ではない、まだ」

「詭弁です」

「そもそもお前は、玉央がなぜ玉盤の神を奉じていると思う」

「国の神として奉じれば、都合がよいからでしょう」

「違う。玉盤の神を恐れているからだ。我々は玉央が怖い。しかし玉央も玉盤の神が怖い。その怖さをよく知っている。なぜ我々が玉盤の神に強く出られるかというと、真の恐ろしさを知らないからだ」

「……そうかもしれません」

「だろう？　祭礼を失うとは、すなわち玉央にすべてを委ねることではない。お前は斎庭に生きるゆえそう思ってしまうが、国には外庭もある。玉央とはいくらでもやり合える。ならば玉盤神との軋轢は避けた方がよいのではないかね。此度でさえ、危うく滅国するところだった。民を思えば、なにが正しいのかは自明ではないのか」

二藍の答えはない。同時に綾芽は、石黄が勝利の笑みを浮かべるのを見た。

(今だ)

息を吸い込む。覚悟を決めて飛び出した。

「……おや、どちらの女官かね」

額の汗を拭う石黄は、突然の綾芽の登場に驚いた顔をした。綾芽は取り合わなかった。弓を置き、両手で生気のない二藍の手を握りしめて、強くその目を睨む。心を全部ぶつけるように。

「二藍、起きろ」

たちまち二藍は夢から覚めたような顔をした。と思えば綾芽を背に庇い、石黄の前へ立ちはだかった。石黄は眉をひそめる。

「なにをしている」

「もう耐えられないのでは？」

二藍は挑むように石黄の瞳を見つめた。「大君やわたしに心術を使い続ければ、普通よりはるかに神気が身に溜まる。わたしでさえ耐えられないだろう。心術を使えなかったあなたがどうやってその神気を手に入れたのか知らないが、もうその身は限界だ」

　石黄の顔色が変わった。

「……お前はここにきて心術を使うつもりか」

「とっておきの手は最後に出すんですよ」

「わたしは誰より兜坂国を思っているのだ」

「そうかもしれません。ただ残念ながら、わたしも大君も、他のみなも、この斎庭を失うつもりはない。神をなだめている間に、自らの足で先へ進む。そういうやり方が好きなんです。頭ごなしに決められるなんてまっぴらだ」

　石黄はなにか言い返そうとした。しかし声はもう、人の言葉になっていなかった。瞳から黒が消え、黄色みがかった光を発する。口からも光が漏れ出した。

（荒れ神になる）

　綾芽は怖くなって口を覆った。荒れ神になればもう、祭礼でしか鎮められない。疫などと結びつけば恐ろしいことになる。

　二藍は太刀を抜かんとした。それより早く、稲妻のように伸びた石黄の手がその腕を押さえ込む。二藍の顔が痛みに歪み、石黄の口からは、声とは言えない地鳴りのような音がめちゃくちゃに吐き出された。割れんばかりの耳鳴りが綾芽を襲う。

でもそれで、かえって我に返った。

――そうだ、怖がっている場合じゃない。

奥歯を噛みしめ、投げ出していた弓を摑みとる。流れるように矢をつがえた。もはや石黄は光の塊で、急に夏の日差しの下に出たように、視界が白くなる。でも本当になにも見えなくなる前に身体を傾け、ひょうと射た。

放たれた矢は光を目がけて飛んでいき、確かにそれを射貫いたようだった。光の塊が傾ぐと同時、二藍が右足を踏み出し、そのまま腰を落として太刀を振り切った。

あとは――あっけなかった。

吹き消された灯火のごとく光は消える。

すぐに静寂が訪れた。

弓を取り落としそうになって、綾芽はどうにか両手で握りしめた。柱に身体を預け、ずるずると座り込む。

終わったのだ。

二藍もしばらく肩で息をしていたが、やがて腰が抜けて立てない綾芽を振り返って、少しだけ笑った。

「なかなか良い腕だ」
だろう、と答えたつもりだったが、掠れて声が出なかった。浮かべた笑みも、引きつっていた。

落ち着くまでにはしばらく刻が必要だった。早く戻りたいのはやまやまだろうに、二藍は辛抱強く待ってくれた。

二藍に言われて、汚れた装束をもたもたと着替えていると、弾正台から駆けつけた女武官たちが階を駆け上がってきた。神祇副の裏切りに怒るやら、綾芽たちを案じるやらでたちまち大騒ぎが始まる。その声を聞いているうちに、綾芽は自分より、二藍の方がはるかに堪えているはずだとようやく気づいた。なにせ斬ったのは実の伯父だ。それに二藍は、綾芽と石黄に刻を空けずに心術をかけている。かなり負担を感じているだろう。

弾正台の武官に始末を任せ、鶏冠宮に戻る際にも、二藍は牛車を選んだ。馬をやめたのは、疲れ切っているからだ。

「横になってくれ。わたしは牛車の後ろをついていくから」

気を遣ったつもりだったが、「問題ない」と短く返され、問答無用で押し込まれた。

放っておいてほしいのだ。わかっている。でも、牛車の壁に凭れて固く目を瞑る姿にいてもたってもいられず、綾芽は思い切ってその手をとった。二藍は緊張したように腕を引いたが、どうにか逃げられる前に掌を握りしめるのに成功する。

「……なんの真似だ？」

「ほら、こうやったら心術が解けるみたいだろう？　神気を散らすにも効くかなって」

「まったく効かないな」

「そうか……じゃあ」

「でも悪い気分じゃない」

と二藍は再び瞼を下ろした。次第にその身体から力が抜けるのがわかる。じんわりと伝わる呼吸の波にたゆたうように、綾芽もしばし目を閉じた。

鶏冠宮の木雪殿に戻ると、脇息に片肘をついた大君が目を細めた。

「遅かったな、二藍」

聞くや、青白い二藍の頬がわずかに緩む。

「その様子だと、ようやくお目覚めのようで。お久しぶりですね、大君」

「まったく悪夢のような二年だった。ようやく終わると思うとせいせいする」

「妃宮はどちらに？」

大君はにやりとした。

「少々無理をさせたのでな。休ませている」

「……それ以上は聞きますまい」

二藍は呆れたように息をついた。控えている常子は素知らぬふりをしている。

（大君、随分印象が違うな）

階の袂で控える綾芽は少々戸惑った。でもこちらが本当の大君なのだろう。

「して二藍、それが石黄の首だな。妃宮から子細は聞いた」

真顔になって、大君は尋ねた。二藍はうなずき、漆の筥を献上する。

「荒れ神になるところでした。ゆえにこれは兜坂の大君の伯父であり、神でもある者の首です」

中を検めた大君は一言、「よくやった」と言った。

「この首を、春宮の首の代わりに記神に捧げる。それでよいのだな」

「はい。記神次第ではありますが、充分に春宮の首に代わる価値を持つかと。春宮の死は確定してしまいますが、よろしいか」

「構わぬ」

冷たくも感じさせる強さで、大君は即断した。「あれもそう望むはずだ」

「御意」

「では尚侍(ないしのかみ)、さっそく桃危宮に準備をさせよ。此度の祭礼に関(かか)わる一連の事柄は、外庭を通さずここにいる者のみで執り行う。祭礼に携(たずさ)わる者の数も最小限に抑えよ。石黄の息の掛かった者がいるやも知れぬからな」

「承知いたしました」

うなずき立ち上がりかけた大君を、二藍は引き留めた。

「お待ちください。まだ大切なお話が残っている」

「なんだ」

「ここにいる朱野の邦の采女(うねめ)、綾芽を大君の妻妾にお加えください」

——なにを言っているんだ。

綾芽は驚愕して二藍を見た。

「……その者の話は聞いた。しかしなにゆえ、わたしの妻妾に望む？」

「万が一、記神が石黄の首との交換を拒(こば)んだときのためです。記神が神命を用いてきたら、こちらは撥(は)ね除(の)けなければならない。それには朱之宮の血が必要です。祭礼で発言するには、この者が王か春宮か、またはその妻妾でなければなりません。ゆえに」

二藍は御簾の向こうの大君を睨み、一気に言った。

綾芽は口を挟めなかった。こればかりは二藍の言う通りだ。綾芽に反論できることはなにもない。こみあげるやるせなさには必死に蓋をするしかない。

　大君は微笑を浮かべた。常子に目で合図すると立ち上がり、自ら御簾をまくって二藍の前に立つ。「不用心では」と、とっさに目を伏せた二藍を眺めていたが、やがて常子が捧(ささ)げ持った筥から紐(ひも)のようなものを取り上げ、二藍の首に垂らす。

　それは硬玉(こうぎょく)を連ねた首飾りだった。大君は穏やかに、しかし厳然たる色を保って宣した。

「有朋王(ありともおう)、お前を兜坂の春宮に任ずる」

「……なにを仰る(おっしゃ)」

　びくりと二藍の背が震えた。「ご冗談はおやめください。いくら大君でもそんな――」

「冗談ではない。妃宮とも相談して、これしかないと決めた」

「そんなわけないでしょう！　北の女御の御子も、他の兄弟もおられるではないですか。それに外庭が許すとは思えません」

「ほう。わたしの命(めい)より外庭の意向を重んずると」

「とんでもない、ですが」

　大君はしゃがんで、鋭気の籠もった視線を弟宮に向けた。

「もちろん二の宮が長じれば、春宮の座はそちらへ譲ってもらう。しかし宮はまだ幼い。斎庭での祭事を行えない。それでは困るのだ。黄の龍神の不在を忘れたか。玉央はこれから、雨風の神、玉盤の神、さまざまな神に働きかけて兜坂を揺さぶってくるだろう。すでに外庭は、必死になって玉央の攻勢をしのいでいる。そんなときに、斎庭が足をすくわれてはならない。もしわたしが斃れたら、斎庭を率いる者がいなくなる。ならばお前が立つしかない。どんな誹りを受けようが」

二藍はなにも反論できない。眉を寄せ、最後には苦しげに頭を垂れた。

「……ならばお受けいたします。しかし外庭には必ず、二の宮を継嗣であるとはっきりお示しください。わたしは斎庭の任を補するだけの者です」

「無論そうする。お前が外庭の無駄な争いに巻き込まれないよう、努力しよう」

大君は重々しく言ったあと、顔を上げられない二藍の肩を軽く叩いた。

「あまり重く考えるな。記神への対策に過ぎない。お前は今まで通りに仕事をしてくれればよい。その娘は、今宵は今の春宮の妃とするが、形ばかりだ。お前が記神に春宮と認められれば、お前の妃として共に立て」

途端、二藍ははたと顔を上げた。

「お待ちください、この娘は……わたしにはもったいない。大君のおそばに置くべきだ」

「それは嫌だな」

と大君は笑って、階下の綾芽を見やった。「そうだろう、綾芽とやら」

それまで綾芽は白くなったり赤くなったり忙しかったが、大君の視線をまともに受けて、慌てて頭を下げた。

「いえ、それは……とんでもございません」

「素直でない」

と再び笑って、大君は言った。「わたしは困る。綾芽は朱之宮の血を継いでいるのだろう。ならば妹のようなものではないか。さすがに妹を妻妾にする気はない」

「……わたしならば問題ないと仰られますか？　その心はつまり――」

「お前に譲ってやりたいがゆえの方便に決まっているだろう。揚げ足を取る暇があったら素直に喜べ。今は後のことは考えずともよい。立坊（りつぼう）の祝いと思え」

大君は二藍の頭に手を乗せた。からかうような声とは裏腹に、優しい仕草だった。

しかしすぐに表情を引き締める。

「与太話（よたばなし）は終わりだ。各自準備を始めよ。失敗は許されぬ。わかっているな」

その場の者は、みな深く頭を下げた。

とはいえ綾芽は、すぐには気持ちの整理がつかなかった。大君が御殿を離れるのを待つ間、必死に落ち着こうと努力する。激流に流されるようだ。神招きのことならば、とっくに覚悟を決めた。でもまさかのことばかり起こる。まさか誰かの――二藍の妻になる日が来るとは思わなかった。それが祭礼のためとはいえ。

でも戸惑っている場合ではない。落ち着かなければ、と顔を上げたときだった。

「綾芽。早速だが、お前は今すぐ装束を準備せねばならない。尚侍に――」

簀子縁に出てきた二藍と、ばっちりと目が合ってしまった。完全に不意打ちで、綾芽は瞬(またた)く間に赤面した。急いで視線を逸らし、それどころじゃないと自分を叱咤(しった)するが、もはや手遅れ。二藍も黙ってしまって、なんとも居心地の悪い沈黙が流れる。

やがて、「さきほどの話だが」と二藍は歯切れ悪く口を開いた。

「そう深く考えずともよい。なぜならわたしは神ゆらぎだし、それに――」

「大丈夫だ、ちゃんとわかっているよ。祭礼のための婚姻に過ぎない、そうだろう」

綾芽は慌てて声を被せた。今まで通りの関係でいよう、そう言いたかったのだ。

しかしである。なぜか二藍はふいに目を伏せた。

「そうか。お前には、そう嬉しくない話なのだな。残念だ」

「え」

「ならばはっきり言うがいい。私の方から大君に申し上げておこう」

声もどことなく寂しげだ。思ってもみない反応に、綾芽はすっかり動転してしまった。

「違うんだ、そうじゃない。嬉しいよ。本当だ。ずっとあなたの隣に立ちたかった。でも雲の上の人だと思っていたから驚いてしまって、どうしていいかわからなくて」

とまで言ったところで、綾芽は口をつぐんだ。二藍は笑っている。

「……もしかして、からかっているのか？」

「さてな」と二藍は、ころりと上機嫌になって言った。「だが安心した。わたしは、せめて半分は欲しいものを得たのだな」

「半分？」

「とにかくあまり深く考えるな。これまで通りでいい。それではまた後でな」

言いたいことだけ言って去りゆく後ろ姿を、綾芽は唖然と見上げる。やがて息を吐いた。

（なんなんだ、本気で焦ったただろう……）

安堵したような、胸が苦しいような、複雑な気分だった。


それからは忙しく過ごした。常子や鮎名から次第を聞いて、頭に叩き込む。どんな粗相が記神の怒りを招くかわからない。絶対に失敗できないから、何度も何度も頭の中で繰り返した。そのうち女官や女嬬がわらわらとやってきて、綾芽を頭から丸洗いし、新しい衣を着せた。幾枚も衣を重ね、さらに錦の短衣や表衣やらを息つく暇なく着せかけられる。引きずるように着る裳など入庭のとき以来の上、そのときよりすべてがはるかに上等で重かったが、綾芽はそれどころではなかった。

（失敗できないんだ。失敗したら絶対だめだ）

頭の中はそればかりだ。

——もしわたしがしくじれば、みなに迷惑をかける。大君や妃宮に、斎庭のみなに、二藍に。那緒に。

国のためなどという考えは、綾芽には大きすぎた。身近で、大事な人のために頑張らねばならない。そう自分を追い込むのが精一杯だ。当然妃だとか、春宮だとかについて思いを馳せる余裕は、もう一切なくなった。

着替えが終わり、結われた宝髻(ほうけい)に金の鶏飾り(とりかざ)が輝いてからも、綾芽はぶつぶつと次第を暗誦(あんしょう)した。「あまり根(こん)を詰めるな」と鮎名は言ってくれたが、そんな鮎名すら硬い表情をしている。誰しもが緊張しているのだ。綾芽はぎこちない笑みでうなずくだけだった。

やがて大君が双嘴殿へ現れた。鮎名や高位の女官が額を寄せて話をする間、綾芽は隅の衝立障子(ついたてしょうじ)の陰に座り、何度も息を吸っては吐いた。

ふと視線を感じて顔を上げると、御簾を上げ、二藍が入ってくるところだった。見慣れた赤紫の袍ではなく、濃紫(こむらさき)のものを着ている。首元には硬玉の首飾りがあった。

綾芽は急に、着飾っている自分がとんでもなく場違いな気がしてきた。いや、最初からわかっていた。綾芽になにか、人より優れたところがあるわけではない。

「必要なのは自分ではなく、朱之宮の血である。……そう思ってるんじゃないだろうな」

二藍が目の前に座った。図星を突かれ、綾芽はもごもごと呟きを呑みこんだ。

「実はわたしも同じように思っている。必要なのはわたしの立場で、わたし自身ではないのではとな」

はっと綾芽は顔を上げた。

「そんなことはない！」

「そうか」

二藍はおかしそうに扇で顔を隠し、肩を揺らす。

「なぜ笑う」

「いや、あまりにも答えが早くて、面白かった」

「本当に思ってるんだ。あなたは必要だ。あなたがいなくちゃ、今この場にすらたどり着けなかったじゃないか」

ほう、と細めた目が向けられた。

「嬉しいな。我が妃にそう言ってもらえると、頑張る気にもなる」

「な……」

「冗談だ」

と二藍は笑って、扇を閉じた。「だが綾芽、それならお前も同じだろう。お前がいなければ、ここまで来ていない」

「いや、朱之宮の力のお蔭だよ」

「わたしを動かしたのはお前だ。那緒が待っていたのもお前だろう。それに、かつて誰が持っていた力であろうと、今手にしているのはお前だ。きっと、その力に相応しい者になる。そう信じているわたしを信じてくれ」

二藍は言葉を切り、強く続けた。

「わたしたちは、友だろう？」

綾芽は顔を上げた。二藍の黒く澄んだ双眸が、まっすぐに自分を見ている。そう気づいたとき、言葉がすとんと胸の奥深くに落ちていった。

――そう、友だ。

那緒が引き合わせてくれた、誰より大切な友。

自然と笑みがこぼれた。二藍の目も、ふわりと細まる。

「大丈夫そうだな」

「うん、お蔭様で」

「それでは行くか」
「行こう」
うなずきあって立ち上がる。前を向いた。

玉央の史書曰く、玉盤の神とは、玉盤上の万事を主宰する神である。国々を玉盤上の玉石と見立て、その栄衰を記し、ときには号令す。玉央ではその神意を推しはかるため、神丘を築くという。

兜坂では、禁苑に点在する墳墓に玉盤の神は落ちる。朱之宮の陵が遠く離れた朱野の邦に造られたのは、朱之宮の陵に落ちないようにでもあった。

夕刻を前に、禁苑を巡回していた招神使から、墳墓の一つに記神が落ちたと言上があった。桃危宮の門に幡が掲げられ、桃危宮の宮殿の一、玉壇院へは大君と妃宮、神祇祐の二藍らが入った。院の外には桃危宮の女官、尚侍ら後宮司の女官の長も跪き、着飾った女舎人が整然と並ぶ。綾芽も二藍の隣に膝をつき、息を呑んでその刻を待った。

やがてちりちりと、肌に刺さる違和感が訪れた。悪寒がする。緊張のせいかと思ったが、前に跪く大君や鮎名、隣の二藍を見れば、誰もがそれを感じているのは明白だった。二藍は誰よりも顔色が悪い。神ゆらぎの身は、玉盤の神に大いに影響されるのだ。

そう気づいたとき、綾芽の中に潜んでいた弱気は完全に消えた。那緒との約束を守らねばならない。

外に強く吹いていた風が唐突に止み、玉壇の階の上に人影が現れた。意外にもただびとに見えた。玉央の装束に身を包んではいるが、兜坂の神位が高い神のような神光も纏わず、官人のごとき男。しかしかんばせを見た途端、綾芽はこれこそ記神だと悟った。

目鼻も口も、綾芽たちと同じものだ。しかしまったく違う。そこには感情がない。ただの一欠片もない。そしてなにより、その左手には首があった。春宮の首だ。

拳に力を入れたとき、神祇官の長たる妃宮が、記神の来庭を告げる。

祭礼が始まった。

大君が白璧を掲げ、兜坂の王であると奏上する。記神は顔色一つ変えず倚子に座し、八足の几に巻子を広げてその名を記した。続けて大君が捧げた九種の供物の一つ一つも記されていく。

ただただ記すのみである神の筆を、綾芽は悪寒に耐えて見守った。記神はなにを考えているのだろう。ひとつも伝わってこない。九重媛も考えはわからなかったが、それとは違う怖さだった。

やがて記神の筆が止まる。その目が空をゆく星のように冷たく滑り、碧玉を握りしめた春宮の身体へと向いた。大君はすかさず、石黄の首が入った筥を押し出して願った。どうかその手元の首と、この神であり人である首を替えてはいただけまいか。

途端に襲い来た激しい悪寒に、綾芽は自らの身をかき抱きそうになった。

記神の青い顔が、真っ赤な憤怒の表情に変わっている。

「認められぬ……と、記神は仰っている」

二藍が、押しつぶされたような声で言った。「この者の首では足りぬ、と」

その場は凍りついた。首を取り替えられなければ、滅国あるのみだ。

大君は口を開く。しかし声は出なかった。鮎名も同じ。神命が、請願も申し開きも拒絶している。

綾芽はうろたえて二藍を見た。苦悶の二藍は、指先一つ動かせない。しかしその目は一瞬、確かに刺すような視線を綾芽に寄越した。

綾芽は心を決してうなずいた。大きく息を吸い込んで、大君のもとへゆき、筥を両手で記神へと押しやった。

「こちらをお納めくださいませ」

「できぬ」

二藍の口を借りて記神は断じた。同時に、背に大岩を乗せられたような重みがかかり、綾芽は思わず膝をついた。押しつぶされそうだ。汗が噴き出すが、両腕を必死に突っ張った。頭を下げてはいけない。そうしたら終わりだ。

「お前にはなにもできぬ」

記神は言った。「所詮小娘、なにも知らぬ、人に連れられ、人を追いかけここまで来たに過ぎぬ。お前の力ではなにひとつ成し遂げられぬ。潔く諦めろ」

その通りだとうなずいている自分がいる。そうだ、記神に頭を下げろ。どうせ滅国になればなにもかも滅ぶ。大君さえ抗えないのだ、誰もお前を責めない。

「諦めろ」

「……この首には、春宮以上の価値があります。供物として相応しきはこちらの首。どうぞお納めくださいませ」

「諦めろ」

（うるさい）

綾芽は歯を食いしばる。でも身体はもう重みに耐えられない。頭が徐々に下がっていくのがわかる。視線を外せば終わりだ。瞳だけを必死に上向け、記神を睨み続ける。

「諦めろ」「お納めください」「諦めろ」「嫌だ」

問答が続く。声が掠れる。もう答えられないと思ったときだった。

二藍の口は「諦めるな」と言った。

聞き間違いか、幻聴か。綾芽はとっさに伏した二藍を見やった。でもすぐに奥歯を噛みしめ視線を戻す。

――聞き間違いであるものか。

二藍に口を挟まれた記神は、眦が裂けんばかりに目を剝いている。今にも滅国を告げそうだ。でも綾芽はその前に、筥を両手に立ち上がった。階を一気に駆けのぼり、記神の前に持ち上げ突き出すと、ただがむしゃらに叫んだ。

「受け取るかどうか、あなたに決める権利はない。受け取ってもらう」

突如筥から激しい炎が上がった。綾芽は声を上げて階を転げ落ちる。とっさに受け止めた大君が、悲鳴とも感嘆ともつかない呻きを上げた。

綾芽と共に転がり落ちた筥には、春宮の首が入っていた。

安堵を感じるよりも早く、綾芽の目の前は真っ暗になった。

目覚めたときにはすべてが終わっていた。

「よくやった」

冷たい感触に目を開くと、鮎名が笑みを浮かべている。額を拭いてくれていた。撫でるような優しい動きに、綾芽はなんだか無性に泣きたくなった。

「記神は……どうなりましたか」

「帰った」

と鮎名はさっぱりと言った。「春宮が身罷られ、大君が碧玉を一度自分のものとした。翌日すぐさま記神を呼び直し、二藍を春宮に任じた。我々の勝利だ。滅国は回避された。お前のお蔭だ」

「そうですか……」

今度こそ涙が出てきた。今さら、ものすごく怖かったのに気づいてしまったのだ。

鮎名は綾芽が落ち着くまで、背を撫でてくれた。あまりに優しくされるので余計に泣いてしまったが、それはさすがに言えなかった。母というほど歳は離れていない。十年後にこんな人になれるのかと思うと、無理な気がする。

常子が乳粥を運んできてくれて、みなで食べた。腹が膨れると気も安まった。綾芽はどうも数日寝ていたらしい。それを聞いたら、二藍にどうしても会いたくなった。

「あの……二藍さまはお元気ですか」

「元気だ。まあ数日は落ち込んでいたが。ああ見えて生真面目だし、なんというか――」

照れた鮎名を引き継ぐように、常子が冷静に合いの手を入れた。

「あの御方、綾の君をとても大切に思っていらっしゃるようですからね」

と思えば、ふふ、と柔らかい笑みを綾芽に向ける。綾芽は少し赤くなった。歩く律令と女官たちに恐れられている常子だが、こういう顔もするのだ。

「さきほどまで大君や二藍もいらっしゃったのだがな、外庭に行かれたよ。あちらもこれから大変だ。前の春宮が次の大君と目していた貴族が多かったからな」

「我が父もさっそく、どうなっているのかと長々と文を送ってきました」

常子の声に、興味津々に鮎名は身を乗り出した。

「ほう、なんと答えたのだ。確か尚侍の父は、北の女御の父とも、二藍の亡き母御の生家とも遠い気がしたが」

「わたしは大君に従うだけですと返事しました。それ以上、なんと言えばいいのか」

「尚侍の父や夫の中将は、これを機に尚侍の娘の教育に力を入れるのではないか？　二の宮の女御にすれば、立坊の目はある」

「勘弁してください」

と常子は息を吐いた。「確かに父はそう申しておりますが、外庭の理に振り回されるのは嫌なのです。あの子は女官になりたいと言っていますし、わたしも夫もあの子がしたいようにさせるつもりです」

「ほう、相変わらず良き夫君のようだな。また昔のようにのろけ話が聞きたいものだ」

糊を利かせた錦のようにぱりっとしていた常子の頬が、さっと赤らんだ。

「からかわないで、鮎名」

「この間の借りを返しただけだ」

鮎名は声を上げて笑った。二人の間のわだかまりは、すっかりとけたようだった。

「それで、お前はどうするのだ、綾芽」

微笑ましい気分になっていた綾芽は、えっと顔を上げた。やがてもじもじと答える。

「わたしは、二藍さまと一緒に斎庭を支えられたら、それで満足です」

綾芽に、普通の花将と同じ道は歩めないとはあらかじめ言われている。朱之宮の力は切り札だから、おいそれと公にはできない。大君らは熟慮しているようだが、恐らく表向きの立場は、二藍づきの女嬬のままだろう。

それはそれで辛い道のりだとみなは言うが、正直に言えばほっとしていた。

だから、「二藍が春宮を降りたら？」と続いた鮎名の問いかけにも、「もちろん変わりません」と笑みを浮かべた。

「わたしも一介の女官に戻って、妃宮や尚侍をお支えします」

鮎名はうなずいたが、言うに言えないような、複雑な顔をした。

「どうされました？」

「いや……」

「わたしが申しましょう」

と常子は綾芽に向き直り、真剣な面持ちで言った。「綾の君、あなたはいつか、子を産まねばなりません」

「え？」

綾芽は驚きで目を瞬いた。なにを言われたのかわからない。

「あなたの血を、斎庭は手放すわけにはいかないのです。子にその力が継がれるかはわかりませんが、継がれる目があるならば、やってみなければならない。でもそれは祐宮……新たな春宮には、残念ながら難しい。あの方は神ゆらぎですから、あなたを殺してしまうかもしれません。ゆえに春宮がその座を降りたら、あなたには別の殿方と子を生していただきたい。そう申し上げねばならないのです」

綾芽はなにも答えられなかった。申し訳ありませんと頭を下げる常子に、ただただ首を横に振るばかりだった。

（わたしはそれでも幸せだ）

綾芽は自分に言い聞かせた。あの人に友と呼ばれ、花将として共に立てる。こんな日々は想像すらできなかった。これ以上なんて望むべくもないし、望んだこともない。

——だから、いいんだ。

ひやりとした寂しさを抱えたまま、床を払った。なまった身体を動かすように言われて、綾芽は佐智に会いに行った。すべてを聞いたらしく、佐智は顔を見るや綾芽を抱きしめた。

「本当に頑張ったよ綾芽、いや……綾の君と呼んだ方がいいか？」

「まさか」

と綾芽は窒息しそうになりながら笑った。「じゃあ訊くけど、佐智は二藍さまの呼び方を変えたのか？」

「それこそまさかだよ。あの人をこれ以上調子に乗らせたくないしな」

笑い飛ばす佐智の声に、気持ちが楽になった。

佐智は一度嬪を辞し、弾正台の女官に戻るという。二藍と綾芽を支えてくれるのだ。少し安堵して、佐智と別れて館に戻った。二藍の館も春宮の御殿も汚れて当分使えない。それで当面は、尾長宮の南にある石黄の館に住むようになる。

手持ち無沙汰に広い庭を眺めていると、渡殿を歩いてくる二藍の姿が見えた。目隠しの帯を手に下げている。やはり外庭に行くには必要なのだ。変わったものと変わらぬものが胸に迫り、面と向かってなにを言っていいかわからず、綾芽はとっさに几帳の陰に隠れた。

二藍は、すぐに几帳から覗く衣の裾(すそ)を見つけたらしい。からかうように言った。

「その色目は妃宮の趣味だな。しかしどうした、もう妃気分か？」

「そういうわけじゃない。ただ……」

言いかけて、綾芽はうつむいた。「……そうなのかもしれないし、よくわからない」

「なんだ、妙におとなしいな。まだ具合が優れないか」

「そうじゃないんだ。大した話でもなくて」

「構わないから話せ。言わずに溜め込まれる方が困りものだ」

そう言われると、黙っているわけにもいかなかった。

「じゃあ聞いてほしいんだが……あなたと、どう顔を合わせていいのかわからないんだ。春宮も妃も、いっときの立場だ。いつかは終わる関係だ。だからこそ」

だからこそ苦しい。そうとは言えないが。

「なるほどな」

と二藍は笑って、几帳の反対側に座ったようだった。

「あなたが嫌いとか、そういう意味じゃないんだ、もちろん――」

「わかっている。正直に言えば、わたしも同じだ」

「同じ？」

「いや、違うな。全く違う」

浅ましい、と二藍は自嘲するように呟いた。

「わたしはただいっときの妻に、どうにもならない想いを抱いている。その袖を引き、胸に引き寄せたくてたまらない。己の身がそれを許さぬのは知っていても、娘を困惑させて友情を壊すかもしれないとわかっていても、こうして口にせずにはいられない」

几帳の向こうで、二藍が強く口を引き結んだのがわかる。綾芽も唇を噛みしめた。

今すぐ振り向きたかった。振り向いて、浅ましくなんてないと言いたかった。思いの丈をすべて吐き出してしまいたかった。許されるのなら、その背に腕を回したかった。甘やかに自分の名前を呼ぶ声を、一度でいいから聞いてみたかった。

でもすんでのところで嵐に耐え、小さく首を振った。

「なにも違わない。同じだよ」

「そうか」

と呟いて、二藍は長く黙った。「……わたしたちは友だ」

几帳に柔らかな影が落ちている。

「どうか、一生そう呼ばせてくれ」

――友、か。

うつむいて、じっと鮮やかな衣の裾に目を落とした。

（そうだな。それでいい）

ままならないものは多くある。それがこの世に生きるということなのだろう。

息を吸って、几帳の陰から出た。「もちろんだ」と満面の笑みを浮かべると、二藍は一瞬眉を寄せたが、すぐにうなずき立ち上がった。

「来い。連れていきたいところがある」


牛車に揺られるのにもだいぶ慣れてきた。ぼうっと考えていると、向かいに座った二藍が扇越しに笑う。

「老いた亀のようだな。装束が重すぎて疲れたのか？」

その言い方が妙につぼに入り、綾芽は噴きだしてしまった。

「なんだ」

「いや、衣の色が変わった他は、あなたは別になんにも変わっていないなと思って」

「変わってほしいのか？　お前こそ、あの流行遅れな衣を着込んで壱師門（いちしもん）から外を見ていたときと、そう変わらないくせに」

「嫌だな、わたしはかなり垢抜（あかぬ）けたと思ったんだけど」

と綾芽は口を尖らせた。「あなたのお蔭で文字の読み書きもできるようになった。歌とかはまだ下手だけど、でもあなたも下手だって妃宮が仰っていた。別にいいか」

「言っておくが、お前の下手とは比べものにならない」

と呆れ顔をした二藍だったが、やがて穏やかに綾芽を見やった。

「なにか考えていただろう？」

「うん。……なんというかな。人は欲張りなものだと思ってたんだ」

「ほう」

「これさえあればもう満足だと思っていても、すぐに次が欲しくなる。それも手に入れたら、また次。いつまで経っても満足できない。もっと多くを望んでしまう」

二藍は天井をしばし見やった。扇を小さくひらめかせる。

「それでいいんじゃないか」

「……そうか？」

「それでこそ人だろう。そうやって前に進んできたんだ。少なくともこの兜坂国は」

そうだった、と綾芽は頰を緩めた。いつか朱野の邦に、豊かな稲を実らせる。望んで努力し続ければ、実現するのだろう。

「そういえば一つ疑問があるんだけど」

牛車から降ろされたのは、禁苑の門の前だった。少し歩くという。歩きやすい切り袴に着替えていた綾芽は、望むところと小花の咲き乱れる野原に足を踏み入れた。

「なんだ？」

「石黄の心術だよ。石黄はあなたと違って、人に近い神ゆらぎだったんだろう？　心術は使えないはずだった。だから大君も春宮も油断していて、此度のことに繋がった」

遠くに霞む匳の山々を眺めていた二藍は、綾芽に目を落とした。

「実はそれについて、少々気がかりな話がある」

「なんだ」

「お前の言う通り、石黄に心術を使えるほどの神気はなかった。ではなぜ心術を使えるようになったのか。それもわたしを屈服させるほどの神気を得たのか。恐らく外から、誰かが与えたのだな」

「玉央の者が、か」

わからぬ、と二藍は足元の草花を見た。

「だが一つわかっているのは、お前と同室だった由羅という娘がいただろう。わたしはあれを斎庭から追放したのだが……」

「……どうしたんだ」

「実は国元にそれを告げたら、慌てたように文が戻ってきた。あの娘、実はもう三年も前に病（やまい）で死んだそうだ」

綾芽は立ち止まった。

「死んだ？　いやでも、確かに由羅は……」

綾芽と寝食を共にしていたはずだ。「……あれは偽者（にせもの）だったのか？」

「わからない。急いで探したが、すでに我々の知る由羅は行方（ゆくえ）をくらましたあとだった」

綾芽はうつむいた。それが玉央の手の者かは知れない。しかし少なくとも誰かが、神招きの権利を斎庭から奪い、玉央に渡そうとしているのは確かなようだ。

二藍は息をついた。

「結局のところ、強大な玉盤神でさえ、決まり切った大きな流れの一部なのだ。だが人は違う。流れを作り、変えることができる。恐ろしいものだ」

「そうだな……」

「まあ、今すぐどうという話ではない。だがお前には、我々の流れを作るためにあれこれ働いてもらうようになるだろう。もちろんわたしも、全力で支える」

綾芽は木々の向こうに切り立つ、匳（くしげ）の山々に連なる石峰（せきほう）に目をやった。

先にはきっと、あの峰を越えるような厳しい道のりが構えている。足が竦（すく）まないと言えば嘘になる。

でも。

「頑張る」

と力強くうなずいた。「わたしも全力で頑張る。那緒が切り開いてくれた道だから、ちゃんと最後まで行く」

頬を緩めた二藍は、木立の向こうを目で示した。

「……その那緒の墓に来た。いろいろ報告せねばな」

「墓？　墓は玉甕だろ。割ってしまったじゃないか」

言いながらも、綾芽は小走りになる。木立の向こうになにがあるのか。

抜けた途端、日の光が雲間から差しこんだ。眩しく目を細めた綾芽は、すぐに口を半開きにした。木々を打ち払われた場所に、小さな花が咲いている。中央に石塔が建っていた。

「割った甕は、ここに埋めることになっている。斎庭のために力を尽くした女官の御霊は旅立ったが、残されたわたしたちは、まだあの者らを忘れられない。それでここに、良い場所をこしらえたんだ」

二藍は袖のうちから、干菓子をいくつかとりだして石塔にそなえた。

「ずるい、わたしにも教えてくれれば、なにか持ってきたのに」

綾芽は慌てて見回して、絹れんげの花を見つけた。小さな花冠を編み、石塔の上へそっと置く。こういうの、那緒は好きだろう。他の女官たちもきっと。

「次に来るときは、金桃を持ってくるよ」

呟けば、どこかで狼の声がした。気のせいかもしれない。

長く石塔の前で目を瞑っていた綾芽は、やがて立ち上がった。隣にいたはずの二藍の姿が見えない。探そうと振り向くと、そっと垂髪に手を入れられた。

二藍は、綾芽の髪に絹れんげの花を挿した。

「外庭の貴族は新年、こうやって髪を飾る」

言葉は言い訳のようだったが、声音はれんげの花びらのように淡かった。ふいに目の奥がつんとなって、でも綾芽は我慢した。

――『ちょっと、ここは泣くところじゃなくて、押しどころでしょ?』

(って、あなたなら言うだろう? 那緒)

「……なあ、二藍」

「なんだ」

「神ゆらぎは神気が溢れたら神になる。そうだな」

二藍は首を傾げた。「そうだが」

「ならば神気がなくなれば、人になれるんじゃないか」

「それは……」

「わたしは自分のやるべきことをやる。その上で、あなたが人になれる方法を探すよ」

二藍は呆気にとられた顔をして、すぐに扇で顔を隠した。

「しょうもないことを言う娘だな」

「しょうもなくない。きっと、できないわけじゃないだろう」

「それはまあ恐らくそうだが」

「だったら頑張る。わたしは欲張りなんだ」

綾芽は笑って、二藍の扇をひょいと取り上げた。

「こら、やめろ」

「あなたは結構照れ屋だな」

「そうではない。いいから返せ」

追いかける二藍の髪に、隙を見て花を挿し返す。今度は扇に隠されず、ちゃんと顔が見えた。いい顔をしていた。

※この作品はフィクションです。実在の人物・団体・事件などにはいっさい関係ありません。

集英社オレンジ文庫をお買い上げいただき、ありがとうございます。
ご意見・ご感想をお待ちしております。

● あて先
〒101-8050　東京都千代田区一ツ橋2-5-10
集英社オレンジ文庫編集部 気付
奥乃桜子先生

神招きの庭

2020年 5 月25日　第1刷発行
2021年12月 6 日　第6刷発行

著　者　奥乃桜子
発行者　北畠輝幸
発行所　株式会社集英社
〒101-8050東京都千代田区一ツ橋2-5-10
電話【編集部】03-3230-6352
【読者係】03-3230-6080
【販売部】03-3230-6393（書店専用）
印刷所　大日本印刷株式会社

ISBN 978-4-08-680320-5 C0193